Una Vida De Melancolia

Veronica Nicte Ramos

authorHOUSE®

AuthorHouse™
1663 Liberty Drive
Bloomington, IN 47403
www.authorhouse.com
Phone: 1-800-839-8640

First published by AuthorHouse 12/3/2009

ISBN: 978-1-4490-5463-2 (sc)

Printed in the United States of America
Bloomington, Indiana

This book is printed on acid-free paper.

Presentación & agradecimiento

Desde siempre me llamo la atención la literatura,
me encanta leer poemas, de amor,
pero los que me atraen más son los de melancolía
y tristeza quizás por eso siempre me ha gustado
escribir este tipo de poesía,
espero llegar al corazón de las
personas con este mi primer libro
de poesía de melancolía
Aunque también e incluido
algunos poco románticos.

Mi agradecimiento primero a Dios
por concederme la oportunidad
de hacer este sueño realidad.
A mi familia por tenerme paciencia,
como también a mis hijos por ser
el aliento para mi alma.
a mis amistades por siempre
creer que lo podía lograr.

Mil Gracias por su apoyo.

Alma Viva

Amor mío el silencio del ayer, ya no cuenta
solo cuentan los instantes, donde viví abrazada a ti,
el río solo lleva sonrisas perdidas, el tiempo solo
se respira si se siente el alma viva.

Canta el corazón cuando se enamora
llora si se agita, la mano del adiós no ansiado
es así que vivo, enamorada de tu recuerdo
del eco que el viento me dejó de ti.

Visto mi alma, ansiando amarte otra vez
no desespero porque se que aun vives,
en la memoria, de esos amaneceres
robándonos, el sentimiento, infinito
susurrando entre brisas el te quiero, ansiado.

Desnuda mi alma, solo vestida con amor,
ese amor, del ayer, de hoy y de siempre
esperando tu mirada ardiente, besando el tiempo
donde se esconden esos instantes
de una soledad, desbordante.

Amarga Soledad

Muere entre sollozos este amor,
muere entre estas cuatro paredes,
cruel destino que me dejo amarte,
olvidándome de todo los argumentos.

Sangra mi alma angustiada,
ya nada alegra mis días grises,
las calles son tan vacías,
la gente con su caminar, todo da igual.

El recuerdo de tu amor duele, carcome,
mis sueños en pedazos, por el suelo
no tengo esperanza, no quiero tenerla,
te amo y no puedo remediarlo.

Hoy no tengo explicación para mi corazón
extraño tanto tu calor, tus sonrisas
y esos delirios tan tuyos, era feliz,
siento morir sin ti, en esta amarga soledad.

Deshojando Recuerdos

Tu recuerdo cruel duerme día a día conmigo
aunque esta noche no te invito, te despido
has convertido mis días, sin sentido
destruyes lo mas querido en mis latidos.

Siempre fui en tus brazos ave, volando alto
suspiro en tu pecho presionado
ese que noche a noche bebió de tus labios
el dulce néctar, ese tan amado.

Esta noche de desvelos, quiero no pensarte
quiero que duermas fuera, si fuera de mi mente
no quiero sentirte, palparte, aunque te niegues
a abandonarme, hoy soy yo la que no te ansia.

Hoy deshojare amaneceres, ahuyentado tus quereres
rosas que no tienen aroma, besos amargos
que no siento, que mueren lentos, entre tus brazos
sencillamente hoy no quiero imaginarte.

Un Pedazo De Cielo

Vuelo sin saber a donde ir,
el dolor se cobija en mi alma,
la amargura, es mi inquilina,
como la desposo si es mi compañía,
desde que ya no siento amor.

Vale la pena soñar,
me preguntan mis silencios,
las palabras solo un eco,
añoro el amor,
añoro el ayer, ave de paso,
en mi alma el amor,
vuela mi alma, sin destino,
sin futuro y sin dirección.

Cobíjame, cielo sin dolor,
regálame un pedazo de tu sentir,
y borra de mi alma mi sufrir,
cielo detén tu llorar,
y regálame, un sol
que caliente mis días
de frió y soledad.

Mis Días

Sin ti, mi mundo se vuelve gris,
la inmensidad del mar se vuelve
mas grande aun, las estrellas
apagan sus luces, si mis ojos, no te miran.

Espacios vacíos, tiempos
detenidos, suspiros, alma inquieta,
pasión hoy por ti despierta,
solitaria mi alma te busca en las madrugadas.

Sueños, tristezas, lágrimas,
un corazón que añora tu sonrisa,
mis manos mueren vacías sin poder
dejarte el amor que ya no cabe más en mi pecho.

Así son mis días sin ti, así es mi mundo gris
sin tu no me miras, déjame ser feliz,
así calladamente, sin que tenga que decir que eres tu
el que a mi corazón ha hecho feliz.

Déjame llenarme de amaneceres,
y con el alba, te dejare un te quiero,
en la penumbra de mi noche diré, callado tu nombre,
sonreiré al ver tus ojos.

Dolor Con Sabor A El

Hoy te vivo, te respiro, ecos escondidos
no temas yo te espero, tuve una
ilusión, y te deje, mas tu a mi lado
siempre vuelves una y otra vez.

Te quiero, te siento, dolor tú siempre mío,
ya no quiero más ilusiones que sangren
mi alma, solo quédate sentando en mi costado.

En tu cielo volé, como ave de cristal hasta el
fondo caí y mis alas rotas están, amar que es
amar si el eco solo me dice que no estas,
y yo te siento aquí atrapándome el alma.

Déjame en soledad, arrúllame con el llanto,
desilusión que mas da, si yo a pesar de todo
le amo de verdad, cielo de mi cielo,
canto como las golondrinas un canto al amor,
ausenté como siempre en mi vida.

No quiero piedad, hoy solo me entrego al dolor,
y a la dicha de amar lo que no se puede ver,
pero que respiro en cada poro de mi piel, dolor
entrégate a mi como el, lo hizo ayer con sabor a ti.

Nunca te alejes de mi, para que en su piel jamás,
te puedas ensañar, prefiero sufrir que saber que
tu, a su lado quieres volar, dolor ámame como
te amo yo, déjame la piel con sabor a el.

Palabras Sueltas A Papa

Hoy es el día del padre, cuanta alegría,
las sonrisas por doquier, en las calles,
en la iglesia, en la reunión del día
el tema principal fue el padre.

Por horas contuve mis lágrimas, papá,
el amor me falto, me dolió tu ausencia,
no saber de ti, hizo destrozas en mi vida,
pasan los días y el extrañarte,
es costumbre que no se olvida.

Pero donde quiera que estés quiero,
que sepas que te quiero, aun ausente,
te quiero, hoy quisiera darte un
fuerte abrazo, que guarde por mucho
tiempo, pero el tiempo es corto
y no quiero irme sin decirte padre
cuanto te quiero.

Hoy te dejo estas palabras sueltas,
no se como escribir con exactitud mi sentir,
solo encontré en mi corazón
cansado estas palabras de una hija
que aun te quiere y te extrañó toda la vida.

Me Perderé

En la ultima sonrisa que tus oídos escucharon,
en las hojas en otoño cuando caen
y son arrastradas por el viento, me perderé
en los campos florecidos en primavera.

Me perderé....En el amor que mis manos te dieron
y que fue el amor más sincero que jamás mi alma
sintió, me perderé al caer la tarde y en ella me
iré lentamente, con los últimos rayos del sol
y ya no volveré con la mañana naciente.

Me perderé...La brisa en tus oídos mis sonrisas te dejaran,
con el ultimo aliento, mi alma te dejare,
en nombre del amor más hermoso que te di,
solo Dios sabe el porque, yo solo seguiré,
con los ojos cerradas el camino del viento
ese que se volverá eterno sobre mis pasos.

Los suspiros...los besos, las sonrisas
y los te quieros se perderán conmigo,
en ese destino que fue mi fuerza,
mi razón, y mi desconsuelo, ese que jamás entendí,
ese, que te entregue sabiéndote distante.

El que te entregue....sin intención de olvidar,
porque te amo, aunque jamás lo entienda,
el que perdí, irremediablemente y con el cual hoy
me perderé, en la dulce brisa, el viento
en mi nombre te dará el ultimo te quiero.
Me perderé... No se en donde quedara la razón, en donde
quedo mi razón, desde que te conocí,
anoche en sueños sentí la necesidad,
de encontrarme de nuevo en tu sonrisa
y en los besos que me diste, mas llore, llore,
hasta sentir mis ojos secos.

Me perderé....Al sentirme pérdida sin ti,
y hoy mis pasos se pierden en el umbral de mi amor por ti.

Mi Vida... Que Es Mi Vida

Un grito que ya no cabe más en mi pecho,
que es mi vida, si solo escribo melancolías,
arrastrando penas, haciendo mas lenta la agonía,
para que escribir, para que si el mundo gira,
y yo que nada tengo que nada sueño,
estoy aquí detenida sin tiempo.
Vivir de qué sirve vivir, si nada me ata,
si las razones no son gratas,
amar de que sirve amar, de que sirve dar,
si el amor solo se cuela por las rendijas de los dedos
y al final solo queda vació y una gran soledad,
que no sabe a nada en esta oscuridad,
que mata y no me deja respirar.
Así hoy me despido de lo que amo,
de lo que nunca fue, del sueño, de la realidad,
si en esta fría tumba ya ni el recuerdo me levantara,
hoy no dejo estelas, ni esquemas,
no quiero piedad, ni compasión
porque es el precio de amar a quien no me amo,
que fue tan ajeno mi mundo.
Llegara la mañana y en ella ya no quedara
nada de lo que fue, por amor quizás eleve mis alas al sol,
pero hoy junto a mi descansaran,
sin que el hada azul, me despierte de esta quietud
que será mi sueño eterno,
en esta tumba cubierta de tul.
Que es mi vida, si ya muerta quiso levantarse
de la frialdad que es morir sin sentir
en los poros la piedad
del amor, que fue mi paz y hoy es mi veneno
el cual necesitó para vivir o morir,
en este infierno de saber que ya nada me unirá a el.
Hoy mi vida ya no es vida y prefiero morir,
lejos su amor, sin que el sienta en su pecho las heridas causadas,
a mi corazón, que solo le ofreció un calor estrello,
es por eso que la muerte con los brazos abiertos espero un castigo
bien merecido por anhelar su amor, bendito.

Porque El Amor Duele

Sonríe aliviada el alma al saber que el dolor pasa,
que las angustias, solo son eso angustias,
el dolor me hace mas fuerte cada día,
se pregunta la razón porque el amor duele.

Ay Dios si tuviera respuesta a esa pregunta,
hoy no sentiría que el ayer cala,
que el hoy solo es definición del mañana,
y que el corazón tarde o temprano sana.

No tengo nada, mas soy millonaria,
porque aun tengo alma, aun tengo vida,
el llanto fortalece el alma, el dolor llena mis entrañas
pero aun así, tengo vida porque puedo sentirla.

Morir o vivir, amar o olvidar, sanar o sangrar,
dar o recibir, la vida siempre será un eco,
ama, sonríe, se feliz, y jamás hagas lo que yo
hice alguna vez, me olvide de vivir.

Me sentí infeliz, sin nada que sentir,
llenando de silencios mi existir,
sabiendo que la vida de apoco se va,
y jamás podremos volverla a recuperar.

Mañana cuando no este, también te preguntaras
porque duele amar, porque duele vivir,
pero es mejor vivir que saber que
morir es el camino más cercano a seguir.

Porque duele amar, y porque duele entregar,
si el amor es maravilloso me dice el corazón,
cierro mis ojos, hoy en este día me dejo guiar
por el sentir que invade mi existir, antes de partir.

Hoy no me duele amar, y menos entregar, vivo lo
que tengo que vivir, sonriendo cara limpia al sol,
esperando una esperanza para siempre tener un mañana,
vivo y me siento viva sin un silencio que lamentar.

Ángeles Sin Alas

Duelen las lágrimas, látigos de egoísmo,
sociedad que les niegan alas para volar,
pobreza cruel, lastimosa realidad,
ellos culpables no son.

No cierres los ojos a la realidad,
duele ver, como en sus caritas llenas de suciedad,
solo esperan un poco de piedad
rostros con esperanza aun por un mundo mejor.

Porque el alma se vuelve egoísta?
porque no sentimos piedad ni compasión?
ellos son ángeles llenos de amor,
solo necesitan un poco de esperanza,
para vivir mejor, no les neguemos ese derecho.

Ángeles sin alas, almas llenas de inocencia,
cruel destino que en alas del dolor los entrego,
voces calladas por el hambre y la desesperación,
un mañana que se vuelve tan lejano
en sus pequeñas manos.

Ángeles sin alas, una voz callada,
un destino incierto, un mañana que no llega,
el hambre les dejo heridas en el alma y en el corazón,
testigos las calles que les ven morir sin ayuda y
bajo la mirada de quien una mano no les tendió.

Hoy Te Prometo

Se que te ha dolido mi llanto,
te ha dolido el olvido, se que te a dolido,
saber que sin ti, yo no soy feliz,
se que te duele que aun siga aquí,
sufriendo por ti, se que quieres verme feliz,
se que quieres que de nuevo vuelva a sonreír,
se que aun que ya no conversamos muchas veces
has querido que de nuevo sea feliz.
Se que no hay nada que me haga feliz después de ti,
se que cuando preguntas que como estoy?
te alegra que ya no hable de ti,
ni del amor que alguna vez nos unió,
se que eres feliz, se que en tu vida todo va bien
sabes que me alegra que sea así.
Pero hoy mi amor vengo a hacerte una promesa!!
prometo no sufrir más por ti,
prometo sellar mi llanto con amor,
prometo no volver a buscarte,
cuando triste este,
prometo cerrar este hermoso
y triste capitulo en mi vida,
y lo que es más importante,
prometo que el olvido llegara,
como la mejor medicina,
para sanar estas heridas que con tu adiós
hicieron sangrar mi corazón.
Hoy te prometo amor, que aunque te amo
y que siempre te amare, hoy lo guardare,
fondo de mi corazón, para que nunca
sufrir más.

Quise Ser

Quise ser, cuando ya nada era,
el olvido solo fue una puerta
donde me refugié, esperando
volver a vivir, sintiéndome, morir.

Osadía la mía
el pretender llegar a tu corazón
sabiendo que estaba tan ausente
muriéndome a solas, sin tus besos.

No tengo salida,
vivo atrapada, en un laberinto
sintiendo que solo tú eras
mi destino, ya no me queda nada.

Después de hoy comprendo
que el olvido no es fácil vida mía
pero quiero al menos morir
sabiendo que intente verte feliz.

No lo conseguí, lo siento
yo tampoco he sido feliz
desde que el tiempo se llevo
mis ganas de vivir.

Me Duele Tu Nombre

Me duele el recuerdo, me duelen estas ansias
me duele saber que no estas, conmigo
que no volverás, me duele amarte tanto.

Para que sentir tanto amor,
para que sentir el alma
si tu no la sientes, si a ti no te importa.

Porque tuve que conocerte,
porque tuve que amarte de esta manera
si el tiempo solo me dice que te perdí.

Me duele tanto tu ausencia,
el instante ya no tiene sentido
como te duele a ti, mi ausencia.

Motívate

Motívate, encuentra de nuevo la luz
se que la perdiste, un día de lluvia
vuelve a sonreír como ayer
vuelve a ser tu mismo,
aunque no sea conmigo.

Me duele saberte triste
si pudiera te daría mis sonrisas
mi alegría, mi fe y mi esperanza
para verte de nuevo, creyendo.

Los días se van, no los dejes ir,
sin vivirlos, sin amarlos,
envuélvete de nuevo en la primavera
respira de nuevo el invierno.

Ama todo lo que tienes, ahora
no dejes que el ayer arruine tus días
no dejes que la amargura
haga en tu pecho nido, no quiero
verte triste, sabes que me dolería.

Motívate, vive, se feliz, sin pensar en el ayer
ama de nuevo los amaneceres,
no dejes que el recuerdo te hiera, más
solo se tu mismo, sin nada que te ate.

Tiempo Suspendido

Llego el momento de tomar el camino
ese que ya no me guié al ayer
que destruya el recuerdo latente
entre el cielo y mi desespero.

Huye entre sombras la alegría de esos años
de esos, en que creí, en que soné
donde deje volar mi imaginación
hasta alcanzar el anhelo con mis manos.

Triste es despertar, no sintiendo nada
abandonándome, entre lágrimas lo que era,
sintiendo que la vida ya no tiene sentido
muriendo, queriendo resucitar el alma ya muerta.

A donde me guía, ahora este destino?
acaso tiene sentido, saberlo ahora o después
no, solo quiero dejar todo atrás, volver a volar
entre el infinito y el eco del tiempo...suspendido.

Quizás

Me pregunto? si te ame
que caso tiene ahora,
no fuiste más que un dolor
entre el corazón y el alma.

Que fuiste en realidad
un fantasma o un ángel
o quizás un demonio
que destruyo el cielo,
donde solía vivir.

Que importa ahora
si tú, estas ausente
solo eres ese recuerdo
que cada día me dice
que todo fue mentira.

Si una mentira
que aun lastima
que duele hasta sangrar
quitándome las ganas
de volver a empezar.

Te quise, quizás te quise demasiado,
o sencillamente hoy eres un doloroso pasado
que quiero olvidar arrancándome
el sabor amargo de mis labios.

No Quiero Olvidarte

La noche cumbre lento,
es tarde ya, la luz del día se marcho
y aquí solo se siente melancolía
es tu ausencia la que me baña día con día.

Las ilusiones se fueron con el viento
el tiempo no me dice nada
es triste el saber que el olvido, me invade
no quiero olvidarte,
aunque todo es cuestión de tiempo
solo se a quedado mi corazón, enamorado.

Espera un poco,
quizás mañana sea un mejor día, para amar
no te alejes de mis recuerdos, quédate un poco más,
espera que no te quiero olvidar, aun.

Vuelve a este cielo, no me dejes sola en este vuelo
no se si tendré valor de seguir, sin ti
aunque el tiempo me robe de a poco
lo que aun me queda de ti.

No quiero vivir, bañada de esta melancolía
quédate un poco más, no me dejes sola esta noche
aunque ya no digas nada, déjame disfrutar en soledad
imaginando que aun estas.

Ausencia

Grita mi alma, no siento latir mi corazón,
muere lento, en esta ausencia, que me dejo tu adiós
es inevitable el renunciar a morir,
si muriendo aprendí, que amarte seria mi fin.

Inalcanzable amor, te amo sin razón
agobiante destino el amarte con delirio,
me duele esta soledad, lacerantes heridas
mordiendo los labios sedientos de tu vino.

Espinas duplicando el triste camino,
desfallece el alma, en esta cruel desolación
el amor se siente tan distante, tan ajeno
entre mis manos solo, duele tu ausencia.

Entre mis brazos vacíos de tanto esperarte
arañado estas cuatro paredes,
humedecidas del llanto derramado
por tanto amor entregado.

No Me Culpes

La ausencia se quedo quieta,
eras tu, todo en mi vida
pero la distancia hizo estragos, en mis días
fue difícil decirte adiós,
fue difícil que lo entendieras,
se que dijiste que a pesar de todo siempre estarías.

No me culpes por no estar en tus días,
no fue mi culpa fue culpa del destino,
que naciera tanto cariño
era imposible continuar sin estar,
dependiendo de la nada
de palabras frustradas, de un futuro incierto.

No me hace bien, recordar,
no es fácil escucharte
mi corazón me pide seguir amándote,
mi mente se niega
es mejor mantenerme alejada
antes de volver a llorar
por un amor que no puede ser, que nunca será.

El tiempo curo poco a poco mis heridas
hoy estoy tranquila, hoy me siento resignada
se que tu amor fue grande,
pero jamás estarás a mi lado
y eso es algo que aprendí demasiado tarde.

Cielo Gris

Nubes por doquier, amenaza de lluvia, otra vez
despierta el alma adormecida, por el tiempo
sin desatino, sin destino, destrózante desafió
adquiriendo melancolías, sin saber que hacer.

Llorando entre esos lamentos...
Llorar, no es necesario si se aprendiera a querer
sin pensar en el ayer que destrozo el corazón
así tendría hoy vida, sin sentirla vacía.

Cielo gris, otra vez, no tiene ventana el ayer
no tiene futuro, el amor que se fue
solo queda la esperanza, en el tal vez
sin pretender ser más de lo que ya no es.

Alma triste y abandonada...
Pretendiendo amar el vacío, bajo sus pies
sin darse cuenta que después de la tormenta
siempre habrá un cielo azul, despojando lo gris.

No Te Vayas

Como decirte que mi mundo eres tú,
la agonía se apodera de mis pupilas,
no me dejes así, no quiero sufrir más,
sabes que eres mi vida entera.

Un vacío al saber que de ti, el dolor se apodero,
jamás a sido mi intención herir tu corazón,
sabes que te amo, solo tu llenas mi existir,
si tu te vas, vestiré mi alma de luto por tu amor.

Dejaré de vivir, cerraré mis ventanas a la luz,
me olvidaré del motivo que movió mi vida,
y jamás volveré a ser yo misma, si tu te vas,
cerraré las puertas a la primavera, mis alas quebrarás.

Hoy el frió se cuela, en las rendijas de mi corazón,
me siento muerta, sin tu calor ya no quiero vivir
te juro que dejare de respirar y me olvidaré de amar,
no te vayas por piedad, sin tu amor no existiré más.

Mil Quimeras

*En la noche de mis lamentos, encuentro
en tu alma mil tormentos, no pido nada
no me des nada solo deja que mis silencios
se queden sin mas ecos que el de tu voz tierna.*

*No tengo nada que darte, no pidas que no me
aleje si sabes que poco a poco mis pasos se pierden
en el desdén de mis dolores, sabiendo que mañana
tu alma cantara amor a otros amores
y yo sola moriré en el hastió.*

*No lamento lo que te he querido, tampoco lamento
haberte entregado mis días, solo lamento el saber
que sin ti, mi alma se perderá sin dejar un eco,
en la oscura noche que me acosa.*

*Por ti siempre pediré, para que seas feliz,
que Dios y la vida te llene, siempre amor,
y jamás sufras lo que sufro yo al amarte sin
tener más una razón.*

*Ni siquiera en versos puede decir,
que tan grande ha sido mi sentir, no se que escribir,
ya nada aumenta
mi latir, es por ello que sin lamentos, hoy me alejo
guardando junto a mi pluma, mi vida entera,
llorando mil quimeras.*

Cayendo Lento

Un abismo bajo mis pies, voy cayendo lento,
no tengo un mañana, no hay promesas de amar.
Me alejo, decir te amo,
no importa si en mi mundo, todo es mudo,
Constelaciones, de lágrimas en mi alma,
llorando silencios.

Perdóname, a donde voy sin tu amor,
ave destruida por el dolor,
besos en las madrugadas, sabor a nostalgias.
Vivo las razones, sueños, pero no tengo nada,
sostengo mi alma, en luz tenue de una estrella fugaz
, a donde va el amor, si a mi lado no estas.

Ayer todo cambio, tres palabras y un corazón,
que no entiende que amarte
jamás será capricho ni error,
si te ama con pasión.

Veneno que mata a diario,
mis entrañas, solo tienen vació,
soledad que envenena, dolor
ya no me mates mas, aléjate de
mi, destruyes todo lo bueno que
aun queda en mi.

Mientras voy cayendo lento,
al abismo del silencio,
donde mi alma te busca,
y solo encuentra un recuerdo,
de una entrega llena de amor.

Anclado En Mi Alma

Vives anclado en mi alma
como la yedra, a los árboles
como el tiempo, en el infinito
así te has quedo haciendo eco, en mis días
sin calma, en mis noches de agonía.

Han sido tus besos,
tatuajes a mi alma enamorada,
saboreando la miel del ayer,
desespera mi alma, por volver a sentir
tus manos recorriendo mi existir.

Tu amor lo llevo anclado
es difícil de olvidar, es difícil amor
no saber de ti, añorando tu sonrisa
resignada a no vivir,
porque sin ti, yo no se existir.

Vuelve amor, vuelve a este cielo
donde mis alas sin ti, quietas quedaron,
mi mundo se vistió de sombras
el tiempo se detuvo en tu recuerdo
y mi alma solo espera quieta por ti.

Imagínate Sin Mí

Callas las palabras que ya no se pueden decir,
el olor de la madrugada te hablara de mi,
los silencios se hicieron eternos entre tu cielo
y mi cielo, imagínate sin mi.

Muerdo mis labios por no decir te amo,
tú mi cielo, pero lejano, eterno,
siento tus manos llenándome,
de caricias imaginarias,
aunque mis brazos están vacíos,
por eso mi amor
se marcha poco a poco de tu cielo.

Caminare, a mi destino,
ese que ya es cercano,
lo siento en mi pecho,
con tu nombre en mis labios
y el ultimo te quiero que guarde,
así me marchare,
cuando llegue la madrugada.

Imagínate sin mi, porque ya no estaré,
cuando tus hermosos ojos vean llegar el alba,
mis pasos se perderán en el silencio de tu alma,
más en un pedacito de tu corazón,
deje escondida mi alma.

Ella será siempre la que te recuerde,
cuanto te ame y cuanto amor te di,
aunque lejana, como una estrella fugas,
me invente mil razones para amarte,
hasta llenar el alma de amor sin malicia,
como pocos lo podrán alguna vez imaginar.

El Solo Mentía

El solo mentía cuando me decía que me quería el
fue la tormenta mas grande de mi vida pero hoy
ya no me duele recordarlo aunque siempre
siga jurando que me ama que fui todo en su vida.

El solo me dio dolor, jugo siempre al amor y en
su pecho solo anidaba falsedad, hoy ya no
me duele aunque el diga que sin mi no sabe
vivir y que muere cada día sin mi amor
porque se que el solo mentía cuando
Juraba que me quería.

El jamás supo amar, el sabe como enamorar y sabe
como hacer llorar pero hoy ya es muy tarde
ya no me hacen daño sus palabras ya en mi no
queda nada, ni siquiera odio ni rencor porque
ni eso me inspira ya su dolor, porque solo
supo decir palabras que jamás fueron verdad.

Hoy a el le duele su dolor, hoy el me pidió perdón
mas mi corazón ya no puede volver a caminar
por ese camino de dolor y falsedad, hoy mi vida
tiene luz, mi vida tiene fe, y un amor que es
mi razón de ser desde que el, se fue.

Porque el jamás me supo amar jamás se supo,
entregar y hoy es demasiado tarde
para volver a empezar.

Mi Despedida

Mi mundo construido de fe,
poco a poco se va derrumbando,
sonrió porque aun creo, aun necesito,
aun tengo ganas de volar, más las
fuerzas se me acaban y mis latidos,
merman cada vez más, no quiero irme,
quiero tener un mañana para soñar,
para amar, para ver a mis hijos crecer.

Se acerca mi despedida,
la siento tan latente hoy, no quiero irme,
sin que los míos sepan cuanto les amo,
se que todo tiene un motivo,
vivos los instantes, atesorándolos en mi alma,
son mis razones para sentirme viva,
mientras muero lento.

Señor padre gracias por darme fe,
por no dejarme vencer, si es tu voluntad,
yo la acepto,
con el amor en mis manos me despido,
se que me esperas,
mi alma ya no quiere sentir más dolor,
solo quiero creer.

Hoy quiero dar lo mejor de mí,
sin dolor, sin rencor solo dando amor
sabiendo que la vida es corta,
pidiendo perdón, rectificando si me
equivoque y tomando lo mejor,
y olvidando la amargura que ayer
se instalo, en mi corazón.

Hasta Ayer

Creí en tu amor, hoy despierte a esta cruel realidad
te entregue mi vida mis sueños, mis sonrisas,
pensé que todo seria distinto, aun en la distancia
me entregue por completo, sin miedos.

Hasta ayer, me di cuenta que todo fue, una mentira
que mis manos dejas totalmente vacías,
no queda nada, hoy en otros brazos están tus te quieros, pobre corazón que pensó
que tu serias siempre el que alegraría su latir.

Muere lento mis deseos de entregarme a tu amor
desde hoy cierro las puertas al amor,
me niego a creer que pueda haber un amor
que sepa amar....de que sirve
si al final solo me quede con las manos vacías
y mis ganas de llorar.

De que sirve amar, para que?
si todo lo di, tonto corazón
que creyó en el amor, ese amor que fue ilusión,
en el viento se evaporo al igual que los besos,
que ayer me diste con pasión, duele, duele amarte
y saber que solo jugaste con mi amor.

Desde Mi Oscuridad

No encontré verdad, que me ayudara a resolver
mi mundo de dolor, viví sin vivir, queriendo siempre morir,
deseando que todo el mundo,
desapareciera ante mi, porque perderte hermano,
fue cruel y despiadado a mis años,
sin encontrar respuestas ante tantos extraños, diciendo, lo siento.

Desde ese rincón te extrañe y me pregunte el porque?
si tenias todo para ser feliz, tenias una vida por vivir
y de un solo tajo se te fueron los latidos, dejándonos
en el dolor sumidos, te fuiste quizás sonriendo...no lo se.

El tiempo no cura el dolor, se siente el abismo,
de esos días de desolación, se siente tu recuerdo aún,
camina de la mano de la amargura y la tristeza
que no mengua con la partida de quien se quiere con el alma
y que no se olvida.

Desde mi oscuridad, lloro esta noche,
como tantas noches en que veo a mi madre llorar en silencio
, el dolor de un hijo ausente, que aunque se ansié el regreso
se sabe que jamás de nuevo por esa puerta cruzara,
sabiendo que desde el cielo bendice a sus seres
que en dolor se quedaron llorando,
con tan solo recuerdos de días felices que jamás volverán.

Vestida De Amanecer

Llegare un día vestida de amanecer,
despertando en tu alma ilusiones,
cometas de recuerdos anidándose
en nuestro en nuestro ser,
no quiero que me quieras, solo víveme en silencio,
y cuando el adiós se vuelve inevitable,
dame un beso de despedida
márchate antes que llegue la luz del día

No quiero de tu alma la misericordia,
no me digas que fui el amor de tu vida,
no quiero promesas incumplías,
solo quiero que me regales de tu vida
la mas humilde poesía.

Yo feliz así moriré un día sabiendo que fuimos dos
que se entregaron sin medida,
sin promesas, sin reproches y sin mentiras
sin decir te amo, sin pretender,
ser dueños del mundo
solo siendo dueños de esos instantes.

Viviré quizás en tu memoria,
recordaras mis locuras, mis alegrías
y alguna vez sentirás que te ame,
sentirás entonces que fue grande mi querer
aunque yo ya no lo podré saber,
que tú, también me amaste sin querer.

Se Niega A Morir

Llora el corazón,
grita, se lamente.
Tu amor es la causa
de tanto dolor.

Se ahoga, lágrimas
que no cesan.
Un sentir demasiado vivo,
se niega a morir.

Se niega a olvidar,
demasiado amor.
Dagas, en el alma
de quien ama.

No tiene solución
ama, sin ser correspondido.
Aun así sabe que no
renunciara a este motivo.

Llora mi corazón
en esta noche de dolor,
Llora, sin tu amor
se desangra, se niega a morir.

Olvidarme De Tu Querer

Cuanta soledad hay en mi vivir
es agobiante el querer seguir
duele algunas veces despertar
y no hundirse en esta oscuridad.

Si el tiempo solo miente
y tus palabras son vanas.
Porque tendría que esperarte
hasta que mi nombres llames.

El eco de tu risa hiriente
solo me dice que cada día estas, ausente
y pretendes seguir atado
a mis recuerdos irremediablemente.

Duele sin piedad el amor
hasta desangrar mi corazón
Por esta soledad que destruye mi vivir
ansió volver al ayer,
ansió olvidarme de tu querer.

Tierra Infértil

El alba no me dice nada, siento el miedo de saber
que hoy es el ultimo día, si el ultimo día aquí
entre recuerdos y este dolor que no me deja vivir,
el alma ya no tiene cabida entre tanta soledad,
me pregunto a donde voy? que tus mentiras no me sigan,
en donde me escondo? de esta amarga tristeza,
si las lágrimas son cántaros de agua salada,
dejando huella en mi rostro,
esta amargura que no me deja ser libre de nuevo,
quiero vivir y tu solo me das tristezas.
quiero ser libre y tu solo atas mis sentimientos
a esta tierra infértil.

No se cuando caí en este abismo,
cada día pierdo un poco mis sueños
y mis risas que ayer fueron mi alegría,
no quiero seguir así, no quiero sentirme,
cada día más pequeña, sabiendo que en algún lugar,
hay un cielo donde las nubes son blancas,
la lluvia es lluvia fresca que baña con su humedad
la tierra y las aves vuelan majestuosas,
sin ser presas de algún cazador,
quiero volver a ese mundo real, mío.
Donde el dolor solo sea un aprendizaje,
para esta vida, que hoy la siento tan vacía,
tan lejana, que no es mía.

Cuantas preguntas sin respuestas azotan mi vida,
esta noche fría, las horas solo se burlan de mi,
solo espero que mañana sea mejor que hoy,
eso me da el valor de levantarme y no hundirme
entre estas cuatro pareces,
que tienen olor a salitre, desgastadas por el ayer,
que se llevo el amor, la ilusión y dejo desolación,
con la que me cuesta tanto vivir.
Con la que es difícil de seguir, sin sentir que todo
término en solo dolor, soledad y ganas de huir.

Desde Hoy

Hoy no soy yo la que escribe, es este corazón,
que por tanto tiempo te ha pertenecido,
por tanto tiempo que se ha ido gota a gota,
bebiendo cada pedazo de mi alma en las lágrimas
que sin querer tu mismo me has hecho llorar,
sin medir las consecuencias.

Hoy con las cenizas del fuego,
que en nuestras almas se ha ido inundando,
solo me queda guardar en el corazón
la poca razón que me queda para seguir adelante,
sin ti, sin tu amor,
que ya no se... si realmente fue amor.

Hoy solo me queda un puñado de ausencias
y mi alma maltrecha,
escribiendo un poco para no sentir ahogarse
en medio del desierto y la crueldad del tiempo
perdido a tu lado, levanto mi dignidad, me marcho.

Hoy no importa si me entiendes o no,
si te duele o no te duele, la ausencia,
la misma a la que me hundiste
y la misma que desde hoy tendrás que sufrí
porque tu orgullo de hombre no te dejara ver
que desde hoy, yo deje de ser
la sombra en la que tu me convertiste,
seré libre otra vez.. Sin ti.

Sin Destino

No tiene donde detenerse, no consigue ser fiel,
a un destino, encrudece algunas veces el camino,
aun cuando se espera, tarde nunca llega,
desprende de sus alas, algunas veces mariposas
blancas, otras sencillamente, sombras ancladas.

Corto se hace cuando se piensa, en un mañana añorado
largo cuando no se espera ya nada.
Crece con el viento, empequeñece, con la noche
sin tregua va, entrega, se pierde, así siempre camina,
ansiando un día llegar donde alguien, le espere.

Siento algunas veces su palpitar, cabizbaja no le hago
esperar, no espero que vuelva con recuerdos, del ayer
no lo espero con promesas, del mañana, muchas veces
me dejo con el alma destroza, robándome, mis mañanas
no es revancha, hoy no importa si viene o va.

Tengo el alma en calma, el tiempo no importa
si es corto,
sencillamente no pienso si se llevo de mi, las risas,
egoísta fue al querer devolverme, tarde las caricias,
no le reprocho, tiene su castigo, errante siempre va,
por el mundo, sin un puerto, sin una orilla,
donde descanse su agitada vida, sin guarida.

Al Amor Que Se Fue

El, que sin querer quizás, destrozo mi corazón,
al que con amor yo cuide hasta descubrir la llama
del adiós, al que mis manos llenaron de calor,
al que sin pensarlo se llevo mis ansias de amar.

Al amor que fue mi risa, mi paz mi calma
que resucito en mi corazón las ansias.
al que sin querer aun llevo en mi memoria
como un tatuaje de dolor no olvidado.

El, que un día decidió hacer las cosas bien
y se marcho según para bien de los dos,
sin pensar que con su adiós se llevaría mi ser,
mis ganas de reír, dejándome la agonía de morir.

Al amor que se fue, hoy en pocas palabras le digo:
no me hiciste ningún bien, me dejaste morir de dolor,
llenaste mi alma de desesperación, aunque me siento tranquila,
porque se, cuanto sangra hoy tu herida al igual que la mía.

Perdidos

Se va perdiendo el amor entre tu ausencia,
y el dolor ya sin inocencia, de mi alma el sabor
amargo queda, el eco las palabra de tanto amor
si poder dar, así se quiebran perdidas.

En el surco de la vida el corazón va quedando
sin latidos, en la incansable lucha de consentir
el amado nido, ya vacío por no tener más tu amor
bendito ay!!!! Que dolor más infinito cielo mío.

Hoy el alba ya no tiene claridad y mis noches
solo son oscuridad, el frió hace estragos en mi,
como el viento ya no me trae tu eco de los
te quieros que en mi alma siempre guarde.

Perdidos tu y yo sin remedio alguno, mi alma
te busca y tu corazón no me encuentra, donde
estas? me gritan tus silencios, así el corazón
resignado llora cada día tu ausencia tan latente.

Lejos de todo, me siento desolada sin el alma
abrigada soñando con volver a ver tu dulce mirada
que me confortaba en la distancia dándome
siempre grandes alas y sueños de esperanza.

Duele Tanto

Duele esta ausencia en mi pecho,
siento este vacío carcomiendo el alma
no ha sido fácil, te juro que no
pero tengo que seguir sin ti, hasta el final.

Siento llegar las madrugadas,
las horas no caminan en mi reloj
sólo tu recuerdo divaga por mi mente
hasta cuando podré soportarlo.

Duele tanto no tenerte
sangra gota a gota mi corazón
al sentir cuanto te amo y no estas
preciso ha sido el tiempo del adiós.

En líneas de mi vida escribo cada agonía
para no olvidar cuanto te he amado
y cuanto me ha dolido darme cuenta
que no pudo ser nuestro amor.

Triste Pasado

Muchas veces soñé,
otras veces solo me limité,
teniendo en cuenta
lo que algunos no ven.

Muchas veces viví,
otras solo traté,
sabiendo que no estaba bien
me levanté de las tormentas.

Muchas veces perdoné,
otras olvidé para no sufrir,
hoy nada me queda,
entre mis manos.

Triste pasado,
cuanto me has dañado,
cuanto te llevaste,
nada me has dejado.

En El Eco Del Viento

Hace tiempo que no escribo,
más sin embargo al humo del café,
voy bebiendo estos suspiros,
estas ganas de contarte
que los días son mágicos,
bebo sorbo a sorbo mis deseos de
robarme un suspiro que se quede en mi pecho prisionero.

Del tiempo quiero robarme esos minutos preciados,
que te siento mío para hacer de ellos un collar de pensamientos,
para atarlo a mi pecho
sentir tu presencia en el eco del viento,
soñar sin esperar que se convierta en realidad,
esperando por ti en cada amanecer.

Hoy no quiero omitir que contigo he sido feliz,
que he tenido más de lo que espere, hay palabras
que ya no se decir, que prefiero
muchas veces callar,
sabes que esas son las que tienen mucho más valor porque
son las que guarda el corazón.

El tiempo no perdona, va dejando huellas,
algunas dulces otras amargas
y yo he vivido uno a uno los instantes,
sin arrepentimientos,
ya no pido más de lo que tengo solo quiero dejarte
en estos versos el eco de mi piel sedienta de tus besos
hasta el día de volverte a ver.

En Alas Del Silencio

Sin tener motivos mi alma se lleno de tus silencios
y encontró una razón para sentirse viva.
En alas del silencio entregue el amor, las risas
y los te quieros para no sentir mi vida desfallecer.

Entre los silencios del tiempo y la rutina,
encontré una razón para levantar mi vida.
Para no sentirme vacía y darme cuenta
que aun estaba viva.

Que aun mi corazón latía y camine en busca de
las risas de los te quieros y del amor que
en alas del silencio escondí un día.

Encontré en ti, esa parte que me faltaba,
como una luz en medio de la oscura noche
como si siempre hubiera estado ahí, presente.

Me tendiste tus brazos y me devolviste las
razones, me hiciste entender que aun tengo fe
que tengo mil motivos para seguir con mi vida
y no dejarme desfallecer.
¡Dios!, me hiciste entender que eres y siempre serás
mi guía, que soy fuerte para subsistir en medio
del dolor y de esta agonía, que tengo tres hermosos
angelitos que son los pilares que sostienen mi vida,
-cada día-

En alas del silencio quise dejar todas mis
razones, porque mi fe, se apagaba a cada instante,
pero se que tengo mil razones para levantarme
a pesar de sentirme sola y perdida.

Sueños Rotos

Camino lento sin buscar un sendero donde descansar,
suave el viento de ti me hablara, será que me hablara,
el tiempo todo lo cura me solías decir, eso es verdad
pero mientras no se curen las heridas, se desangran.

Sueños que ya no van, donde quedaron? en olvido,
no pienses que bacilo, solo respiro sin aliento
escondiendo entre risas las tristezas que me duelen
víctima de mi propio destino, no es culpa de nadie.

Donde queda la esperanza? donde esta el mañana?
tan lejano, tan certero los sueños rotos quedaron
entre estas cuatro paredes que jamás hablaran,
solo a quedado un corazón en pedazos de tanto amar.

No llego la cura, así quedara por siempre
sin ganas de volver a empezar, lejos de ti
no quiero esperanzas vanas, ni mentiras piadosas
solo déjenme beber el trago amargo de mi derrota.

Silencios Que Matan

Soledades absurdas sin tregua alguna,
inviernos que despojan sin remordimientos,
amaneceres que no cantan al sol,
ternuras inocentes perdidas en el desvarió,
es este mundo un infernal torbellino.
Despliegue de amor perdido en la penumbra,
inquietudes destellos de amargura,
acaso me atrevería a romper mi amarga rutina,
despojándome sin piedad de mi alegría.
Se quiebran los anhelos al sentir,
el infierno de mi partida.
Es mi mundo un vacío agobiante,
en el silencios acelerando mi partida al mundo
de nunca jamás,
y aun así se queda prendido a cada uno de mis latidos.
Amargura inquietante que no se despide de mi lecho,
desierto sin agua que va matando lento
y sin misericordia.
Ahora soy solo un eco que se pierde en el viento,
tu aliento ya no tiene más emociones
, ya no mueve mis pasiones.
Silencios que mataron el amor vivido en tus latidos,
mis manos vacías sin el calor del amor,
que me brindaste ayer,
no queda más que seguir sin mirar atrás,
muriéndonos en el eco que fue,
aunque siempre será
el silencio que mato muestro querer.

Lágrimas Del Alma

Llora el alma agotada
destinos cruzados sin ser aliados
no te quiero pensar porque no estas
y esta soledad solo me acaba de matar.

Despido los recuerdos sin latidos
mis lágrimas una a una tiene sabor
a desilusión no quiero volver porque
se que otra vez volveré a llorar mas.

Despido a mi corazón de un amor,
un amor que me lleno de dolor
me quito la razón de creer
que se puede amar sin distancias.

Mis lágrimas no las veras,
porque en mi alma las guarde
no tendrás mas mis ojos embelezados
ni mis manos en tus manos.

Las palabras calladas me llevare
donde el frió las cubra de olvido y el mañana
recuperare, pero lejos de ti,
junto a estas lágrimas que brotan de mi alma.

Con Los Brazos Abiertos

Espero mi destino, con el alma vestida de primaveras
espero la luz que llene mi alma ya sin angustias.
Hacen ecos tus palabras en mi alma enamorada
eres un ramillete de dulces, sonrisas
que guardo en mi pecho.

Espero el tiempo, sin definir ni exigir,
hoy aquí mañana no se
solo tengo mi fe que me ayuda a vencer.
El viento me dice que todo es posible,
aun en la distancia
te vivo te respiro y me siento feliz de amarte.

Tengo el alma llena de ti,
solo el decir tu nombre hacen mis razones,
sabiendo que mañana mi voz solo será un recuerdo.
No dudes jamás que mi amor por ti ha sido sincero, sabes cuanto te quiero
y por eso espero el día de volverte a ver.

Caminos llenos de piedras, distancias eternas,
amor quebrado en mis adentros,
un corazón que ya muere sin esperaza.
Mañana te cantare canciones al oído,
sostienes mis latidos, por ti vivo
y aun respiro, solo tuya mi alma y mis te quieros.

Jamás te diré adiós porque mi corazón,
te amare más allá de la eternidad,
porque eres mi amor que venció lo inexplicable.
Con los brazos abiertos al amor,
con los brazos abiertos al cielo imploro un minuto
de vida para sentirme viva.

Las razones son las que me sostienen,
porque son pilare en medio de este destino
que se va perdiendo en la nada.
Con los brazos abiertos y mi alma al cielo,
pido un instante
para volver a vivirte y regalarte la ultima mirada.

Dulce Melodía

Mi sueño tu,
dulce melodía que embriaga mi alma
no necesito más, que tú mirar
para saber que te amo de verdad,
que mi tiempo más feliz,
es el tiempo que compartimos,
al sentir tu amor arrullar mi corazón.

Te amo con todo mi ser,
te amo así irremediablemente
no me arrepiento, porque soy feliz,
como jamás lo fui,
siento cada latido diciendo tu nombre,
siento tu amor, en cada poro de mi piel
y me hace estremecer.

Desde que llegaste, el tiempo se hace corto,
cuando conmigo estas,
eres tan indispensable en mis días, vida mía,
te amare mientras viva.

Desde que llegaste eres la luz de mi vida,
el sueño que embriaga la caricia, la melodía
donde ya no existe la melancolía.

A Que Te Sabe

A que te sabe el silencio en esas noches de soledad?
en donde refugias tu alma en las noches sin calma
aun me recuerdas o odias mi nombre entre las brumas
acaso te duele mi ausencia o sencillamente la ignoras.

A que te sabe el tiempo, donde ya no tienes alegrías
aun recuerdas los instantes felices, aun los recuerdas
en que piensas cuando desvías tu mirada ausente
en donde guardas ahora tus sentimientos, callados.

A que te sabe el misterio de los días que ya no mencionas
en donde encierras tus secretos que ayer fueron míos,
es que ahora ya los borraste de tu memoria,
o aun tienes la manía de fingir que no te importan.

Esta noche llena de nubarrones me pregunto
a que te sabe el silencio que me dejaste
te duele o sencillamente ahora es pasado en tus días
fue amor o mentira, fue alegría o una llama en la lejanía
que lleno en algún momento tu vida de armonía.

Despedida

Esta noche no tuve el valor para decirte, que me alejo
mi alma ya no soporta la soledad, siento tus latidos
los siento compartidos, están divididos, eso lo se
lo puedo sentir en cada palabra, estas ausente.

Amor de siempre, amor que llega y se va,
porque ya no siento tu latir,
siento cada día el dolor de estar entre un abismo
que divide la realidad con la fantasías, estoy perdida.

Si me amas en verdad,
dime el porque siento esta soledad?
porque mis manos cada día están vacías?
y tu mirada sigue anclada en la lejanía,
si encontrar la mía.

Esta noche que hace frió te dejo mi despedida
sabes que te amo, vida mía,
es mejor así, a seguir viviendo esta agonía,
sintiendo que tu vida esta dividida.

Volver

Volver a recorrer el tiempo en tu mirar
volver a soñar en ese cielo que me redimía.

Cuanto daría por volver, por cantar esa melodía
esa que en aquellos días, llenaba de luz mi vida.

Recorrer el camino sin retorno, sin destino
porque tu eras mi único destino, inalcanzable.

Cuanto quisiera hoy, no tener que recordarte
porque lo único que quisiera es volver besarte.

Volver a decirte, ven vuela de nuevo en mi cielo
cobíjame en tus alas para volar sin tiempo.

Volver, como quisiera volver, imposible hoy
solo son deseos que arden en mi corazón.

Hoy Lo Vi

Hoy lo vi, en su rostro el dolor ha dejado
huella hondas, hoy le vi y ya no es el mismo
que ayer conocí, el que con arrogancia,
miraba por encima de sus hombros.
Hoy lo vi y en mi el dolor se removió, como
es posible que en sus manos las huellas,
del olvido hayan hecho nido, como es
posible, que el tiempo le haya cobrado con
creces su egoísmo, si desde que se fue
yo solo le he pedido a Dios que sea feliz.
Hoy lo vi, en sus ojos el cansancio se reflejaba,
ya sus paso son lentos, y en su alma le duelen
tantos fracasos, porque? que fue de ti, que
fueron de todos los sueños por los que huiste
de aquí, donde quedo tu orgullo, porque hoy
todo en tu vida es tan oscuro.
Hoy lo vi y desvió la mirada pensó que en mis
ojos solo el reproche del olvido quedaba, pero
Dios sabe que no le odio, el sabe que yo le he
querido con toda el alma, cuando se fue,
solo por su felicidad rogué.
Hoy lo vi y quise decirle que en mi, no hay rencor,
por el dolor que nos causo, sus pasos apresuro,
de nuevo se marcho cargando su pesada pena
y profundo dolor, en su interior, no cabe duda que
la vida es la única que tiene derecho de juzgar
y nos hace pagar nuestros errores.

Yo aunque el nunca lo sepa por el a Dios siempre
pediré para que le vaya bien.

Dolor

Dolor, dolor, arráncame la vida, llevártela
no te quedes en ella escondido, márchate
déjame vivir o déjame morir, no te quedes aquí.

Dolor, que pretendes, porque no buscas otra guarida
no envenenes mi vida, déjame que yo no quiero
sentirte más, quiero volar, quiero ser libre, sin ti.

Dolor, hondo te metiste, ya no soy yo misma,
todo se volvió gris, marchitas quedaron las
flores del jardín, desde que llegaste a mi.

Dolor, cuando será, que sienta de nuevo mi alma,
porque creo que me quede sin ella y sin corazón
ya no tengo nada, solo me quedas tu y ya no te quiero.

Voces Ahogadas

Sin sonidos extenuantes,
sin las aves de rapiña,
esperando devorar el alma
y, ese eco de mil voces ahogadas.

Asimilando el ayer
entregando el mañana sin garantía
espinas en el alma son esas
palabras absurdas, no me hieres más.

Cobije mi alma en tu cielo gris
hoy lluvia queda de esos tiempos
lejanos, imperdonables
olvidando en cada paso, implacable.

Mi esperanza quieta,
callada, ya no grita, ya no espera
eres solo eco entre el viento de una espera
interminable que ya no cuenta.

Amor, dolor, añoranzas, desilusión,
un adiós al recuerdo, un adiós
al tiempo amado, se anidan espinas
pero sin recuerdos, tú estas ausente.

Dueles Tanto

*Duele porque tu amor, no era verdad
el silencio se fue convirtiendo eterno,
no me queda nada desde tu adiós
acaso me lo merecía, por amarte tanto.
Quisiera volver el tiempo,
no haberte conocido hubiera sido una bendición
cada beso, cada caricia, cada mañana,
cada palabra, la estoy pagando muy cara,
yo era feliz antes de ti, vivía mi soledad,
mi melancolías y así transcurría mi vida feliz,
sin necesitar nada más, que esos instantes
que me llenaban de infinita paz.
Me dueles tanto, me dueles tanto,
no se como olvidarte,
no se como volver a ser feliz,
sin ti, los días son eternos de melancolía
el tiempo ha dejado en mi, huellas profundas
mi corazón se niega a vivir
mi alma no disfruta la vida.
Todo es soledad, dolor y tristeza
ya no puedo más con mi vida,
devuélveme, para poder morir, tranquila
lejos, de tu vida.*

Febrero Para Decir Adiós

Gotas saladas ruedan por los bosque de mi alma
el roció que ayer fue miel, hoy sólo sabe a hiel.
Aún te amo, sin pretender que sigas en mi piel
que llenes cada amanecer y estremezcas mi ser.

No sé si me amas, no sé si me amaste como saberlo
sólo supe lo que tenía que saber, sin más que entender.
Hoy no es el mejor día para un adiós, pero febrero lo decidió
fue así como te conocí, como primavera en el invierno.

Tú ansiando ser mi dueño y yo ansiando ser tu amor,
que más podía pedir, te trasformaste en mi vivir.
Duele el invierno, duele hasta los huesos,
aunque más me dueles tú, porque el olvido no llegara.

Cómo gritar, si callando aprendiste a conocerme,
cómo llorar, si con sonrisas conquisté tus días.
La primavera me robo la lozanía, en tu pecho
mi cuerpo dormía, mírame ahora lloro en esta agonía.

Tal vez no entienda mis motivos, aunque cada día
merman mis latidos, aún te siento mío.
Aún te respiro, aún te llamo y te digo te quiero.
y me pregunto aún eres mío o sólo es mi delirio.

Recuerdos De Un Amor

Amor tranquilo, sereno amor,
que llegas y que te vas,
amor que llenas de ansias de amar,
que quitas, que me das,
me tiras y me levantas,
que amargas y que endulzas,
mis ganas de amar.

Recuerdos un amor,
que en el pasado lleno mi vida de alegría
y que con su partida solo dejo,
una amarga soledad....
Amor que me quitas las ganas de sonreír
que envenenas y corres por mis venas cual caudal.

Amor del pasado, para que vuelves hoy?
para que llegas ahora?
que mi vida empezaba a encaminar.
Amor márchate ya.
No hagas llorar más a mi corazón,
ayer fuiste miel y con tu partida solo dejaste hiel.
Amor del pasado márchate ya.
Déjame tenerte solo en recuerdos,
viviendo sin amarguras mi soledad.

En Mi Soledad

En mi soledad tu recuerdo duele,
quema ya no estas, ya no te siento,
es tan inmenso mi dolor,
aunque se que igual sigo cayendo,
al vacío de mi soledad, sin ti, sin tu amor.

El amor duele, sangra, hiere, mata,
en mi cuerpo y alma desata una gran agonía,
que en esta tarde fría envenena mi alma,
me hace pensar, que jamás volverá mi piel a sentir
el rocé de tus labios en mis labios.

Cada noche en esta soledad,
siento este vacío inmenso que cala,
hasta mis huesos,
se que el olvido cada día hace su nido,
un día ni el recuerdo de lo vivido quedara,
en tu memoria,
moriré entonces con tu nombre en mis labios,
con el frió de saber que jamás volverás a mi.

La Lluvia Y Tu Recuerdo

Llueve lento, la gotas de agua se deslizan
por mis ventanas
la tormenta me traen recuerdos,
de los días felices, mañanas de amor y de dicha,
donde quedaron? se pregunta mis lágrimas,
mientras se deslizan lentas y sin prisa,
solo son recuerdos.

El amor, se deslizo entre mis manos, se fue,
sin llevar equipaje,
no preguntes más me dice la razón, si amaste,
con el corazón lo diste todo por amor, ciego fue el,
que no se dio cuenta de todo lo bello que fue amarle,
sin dejar nada para ti.

La lluvia cae lenta, mis lágrimas solo son el reflejo,
de la ausencia de un amor que se perdió en el viento,
me llene de hastío, solo los recuerdos queda de todo
lo vivido de entregar el corazón por mil motivos.

Ya no me queda nada, tus fotos en un cajón,
las he guardado, las sonrisas y los te quieros,
ya no se donde se han perdido,
lo siento, no pude retenerlos conmigo,
solo me queda el saber que te ame
y que no me arrepiento de todo lo vivido.

Respirando Melancolía

Algunas veces las lluvia borrara mis pasos
otras el viento removerá el polvo de tus recuerdos
mas sin embargo mi amor siempre quedara
intacto al tacto de tus manos, aun te espero.

El tiempo y la distancia fragmentos de lo equivoco
aun así mi amor sobrevive y se resguarda, para ti
vibran mis latidos al pensarte y recorrer en mi memoria
los momentos preciosos de amor que vivimos.

Caen las tardes día a día y suenan en mis oídos
tus latidos
Espero sin desespero el instante de volver a tener
tu amor tatuado en mi piel como ayer,
así camino sin destino despertando
en cada amanecer después de soñar tu querer.

La lluvia podrá borrar mis paso, pero el tiempo jamás
borrara de mi pecho este amor que por ti yo siento
aunque pasen muchos anos yo seguiré despertando
día a día con tu alegría y respirando esta melancolía.

Mi Nombre Ausencia

Me llene de ausencia,
escribo, al sol que aun no a salido
al versos que aun no escribo
y al amor que aun no he sentido.

Me llene de soledades gimiendo mis pesare
sellando con gritos lo que callo
el presuroso viento solo me rosa, sin tocarme
y la caricia perdida en la lagrima caída.

Mi nombre no importa se perdió,
donde no se,
destellos de luna llena y una estrella muerta
calmando los cantares de las canciones
aun calladas en la voz del alma no enamorada.

Sospecho que nada sellara el calor de tu alma,
mientras mi nombre callas, en las madrugadas
el canto del ave te dirá que ya ni el recuerdo queda,
del amor que ayer vivo en tu cielo.

Así me llamo en tus días, ausencia
como en mis días se esfumo la paz detrás
de tu partida será que empecé a olvidarte,
una mañana cualquiera, donde de ti nada queda.

Voy A Despojarme

Siento tus pasos deshojando el dolor
de lo que ayer nos condeno, no era tiempo
fue el destino y un amor dividido sin tiempo
y sin requisitos, mil complementos perdidos.

No digas más no necesitas maldecirme por
ser mala contigo por no quedarme cuando me
gritaste que me darías tu vida, el tiempo
hizo demasiado daño, lleno de grietas este amor.

Es acaso que jamás podrás un día despertarte
sin la amargura de pensar que mi vida, esta llena de
mentiras, ese es tu pensar no te lo voy a discutir solo
tu sabes tu sentir, bueno, malo yo jamás lo sabré.

Me quedo en el limbo entre el viento y el olvido es
mejor saber que di y que en un paraíso viví mientras
duro tu querer, hoy las cenizas el viento las va
despojando del fuego que ayer en nuestras almas ardió.

Hoy despojo también mi alma de los recuerdos,
lindos, dulces y también los mas amargos en mi triste
despertar a esta realidad y de mi alma te voy a sacar
hasta que no quede nada de lo que fue tu querer.

No Me Preguntes

No me preguntes nada, que yo tampoco preguntare
solo déjame dormir en tu mirada,
en la suavidad de tu almohada, todo mi mundo
eres tu... no digas mas palabras solo mírame.

Deja que mi alma sienta la dulzura de tu alma
esa que solo yo se que existe, la he sentido tantas
veces al calor de tu piel al rosee tierno de tus manos
es por ello amor sabes bien que eres el hombre que amo.

No me preguntes como, no me preguntes cuando
solo se que eres mi sol, mi aire, la brisa fresca
y hasta los latidos de mi corazón que son gracias
a ti eso eres y mucho mas aquí en mi ser.

No importa que vendrá, que será de mi yo solo
se que contigo soy la mujer mas feliz que contigo
ha aprendido lo que es vivir sin miedo al que dirán
sin pretender ser mas, solo una mujer que te ama.

No preguntas no respuestas solo un alma que siempre te
espera en la llega del alba, en la caída del sol y
en la brisa que siempre te hace suspirar, solo eso amor,
solamente eso, sin mas preguntas ni respuestas
solo mi corazón enamorado eternamente de ti.

Por Siempre Tu

*Junto a ti todo es hermoso hay ilusiones
alegrías que sobre pasan los limites de la
vida es decir "te amo" sin pensar solo sentir
que respiro por ti que todo eres tu y algo mas.*

*No me preguntes solo déjate llevar eres tu
mi amor el de ayer el de hoy y el de siempre
sin limites ni tiempos solo amor que infinitamente
vivirá en cada espacio que yo camino y respiro.*

*Eres lo que siempre soñé lo que por siempre
amare porque solo contigo yo aprendí lo que
es amar sin pensar en el antes ni en el después
embriagándome en cada poro de tu piel.*

*Somos como dos gotas en una misma lluvia,
dos palomas en un mismo vuelo, cursado el
mismo cielo, llenándonos siempre de amor
sin recelos sin medidas, así de tierno y nuestro.*

*Es tu vida mi vida, mi amor tu amor, tus sueños
son mis sueños, es por eso amor sabes que jamás
de mi vida te podré apartar porque solo contigo
es que yo siento la vida vibrar, amar y entregar.*

*Hoy y siempre te voy amar, aunque no sepa que
será del mañana, siempre en tus brazos yo podré
soñar, con la brisa que a mi corazón ha de refrescar,
en tu pecho descansar, desde hoy y para siempre
por el amor que siempre nos unirá.*

No Ha Sido Fácil

Caminar, entender que sigues ahí tan lejos de mí,
robándome la calma, sabiendo que te he perdido.
Irremediablemente sola me he quedado en medio
de la oscura noche que solo me hace recordarte.

No es fácil seguir viviendo sin la luz de tu mirada
teniéndote como un fantasma que no se aparta.
Soñoliento en mis sombras de lo que a diario me robas,
no hay calma solo melancolía y este llanto por amarte tanto.

Devuélveme la calma, ya no sigas llenando mis días
De esta cruel realidad que me castiga,
porque ya no eres mi vida.

No, no es fácil saberte ahí presente,
pero lejos de mis días ignorando mi vida,
dándome solo heridas, que no dejan de sangrar.

Que hago...que hago si todo aun me recuerda a ti,
me visto de esta careta escondiendo a diario esta tristeza.
Y tu solo eres el viento que ya no refresca.... porque?
no consigo olvidarte... porque? no es fácil olvidarte?

No hay latidos, no hay ilusiones en mi alma desde que
no estas, desde que dijiste adiós, pero aun así
tu fantasma me persigue robándome la calma en mis
noches cuando tu nombre entre llanto...tanto llamo.

Ave Nocturna

Caen lentas mis lagrimas
en el absurdo sentir,
muere mi inocencia en creer
que solo mío seria tu querer.

Simplifica mi razón
perder lo que con esmero te entregue
arrojándolo al viento sin querer,
solo tu sabrás el porque?.

Cuando mis alas deje, volar en tu cielo
creí ser libre de verdad,
hoy como ave de cristal caen en mis pedazos
sin piedad.

El embrujo de la noche sabrá que mi amor
se perderá....con su manto me cubriré
así me quedare perdida en las sombras
en la ausencia de tu querer.

Desde hoy Ave Nocturna me llamare
para que nadie sepa cuanto yo te ame
y por siempre en los brazos del olvido
me quedare y así poder olvidar el
embrujo que me dejo tu querer.

Mama Tengo Miedo

*Tu sonrisa clara como agua desnudando el alba,
tus manos cansadas de tantas caricias dadas,
tus ojitos dos faroles ahora perdiendo la luz del día,
los años han sido implacables, lo se y lo sientes.*

*Mas aun la tristeza que siempre guardas,
es como manto que cubre tus cansados hombros,
como quisiera no verte sufrir jamás, darte hoy
una cura a tanto dolor que marchito tu corazón.*

*Mama deja que las lágrimas caigan, deja que el
dolor emprenda su retirada, no sufras mas déjate ayudar
me duele tanto el alma al verte así, sabes que a todos
nos dolió pero se a ti te a costado superar este dolor.*

*Quisiera regalarte amaneceres, darte cielos azules
donde la luz del sol vuelva a brillar en tu mirar
Mama tengo miedo de un día perderte que este
dolor me aleje de ti, ayúdame a ayudarte nunca es tarde.*

*Ven caminemos de la mano, vuelve a ser tu misma,
deja ya volar el pasado y regálate el presente
que ilumine de nuevo tus días grises,
mama sabes que te amamos y te necesitamos.*

Sentimientos

"Vida mía....
Aguarda por mis pasos,
sabes que lentos se han tornado ya
con el paso de los años.

"Amor...
No desesperes si tardo un poco en llegar
la vida ha puesto muchas piedras en mi
caminar pero sabes que a paso lento sabré llegar.

"Corazón mío...
No me regales promesas,
regálame solo verdades que iluminen mi vida
y me demuestren que este amor vale la pena.

"Alma mía...
Se que los años nos van dejando huellas
imborrables en tu vida y la mía,
pero este amor seguirá por siempre
siendo lo que sostiene nuestros días.

"Cielo mío...
Pasos cortos pero seguros, juntos
en un mismo destino bajo la inmensidad
de este cielo que ha sido siempre un techo
para este amor que llena nuestro interior.

"Te amo...
y siempre te amare bien de mi vida
este día te prometo que nada ni
nadie podrá borrar de nuestros
destino lo que siempre nos unió.

Tempestad

Lluvias sin respiro, tormenta llena de tempestad
engendrando melancolía en el alma mía,
silencios suicidas, engalanan mis amarguras,
donde quedo mi vida, sin tu vida.

Ternuras marchitas, atardeceres desnudos por el olvido
marcando nuevos rumbos el viento se desliza descubre
que ya no soy la misma, desde el día que te fuiste.

Versos amargos, tristezas, que ya no quiero escribir mas,
de que sirve, si solo dolor encontraras, no se si la ternura
duerme o por siempre de mi se aparto, ya no la siento.

Siento mi sangre acumularse, ya no siente el latido
del corazón, solo corre conmigo la noche fría,
despertando de nuevo las cadenas que me atan
de nuevo al cielo del silencio.

Tempestad, lágrimas sin contar, cantos muertos en mis
labios, oídos sordos que no quieren escuchar más,
tengo hoy mi vida, sin remedio y sin prisa, descansa
corazón, descansa en medio de la tempestad amarga.

No Hay Regreso

Se quedo vacío el corazón,
en la espera de tan anhelado regreso,
se vistió de hastió la razón,
que fue lo que paso, que fue lo que paso.

Ya nada nos ata, solo dos corazones,
que temen amar, entregar, distancia,
cuanto enveneno los hilos de este amor,
no cantare más canciones,
ni vuelo que alegre mi corazón.

Tarde, que se pierde en la oscura noche,
de mis desvelos, el regreso se perdió sin el eco
de tu voz que agonizará en mi corazón,
se perdió, se perdió este amor.

Ya no me esperan tus besos,
ni mis te quieros serán tuyos,
es por ello que me pierdo cada día sin ti.

El caudal de mis lágrimas te alcanzaran
y sentirás que mi vida se acabo en el
atardecer de mis días grises,
esperando tu regreso.

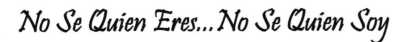

No Se Quien Eres... No Se Quien Soy

Nuestro mundo de ironías se rompió,
ya no hay dolor,
las palabras ya no hieren sin razón,
no se quien eres, no se quien soy,
en esta triste historia de desamor.

Porque si ayer fuimos dos brazas de fuego,
hoy solo queda el hielo,
palabras y más palabras sin sentido,
haciendo más grande el hueco de nuestro nido.

Eras tú, era yo, dos amantes enamorados del amor,
colgándole luciérnagas a las noches bellas,
llenando de miel, la hiel de los amargos días,
todo era posible porque solo el amor nos movía.

Las rosas llenas de fragancia siempre en nuestra mesa,
tantas veces no importo la pobreza,
porque la felicidad alimentaba nuestras almas,
la perfección de siempre llenar los vacíos era nuestro delirio.

El día menos pensado, la noche menos soñada,
mi mundo quedo de cabeza,
Aun así perdone porque te amaba,
una y otra vez bebiendo tú, de mis manos el amor,
dejándome completamente vacía y llena de dolor,
Dios cuanto me dolió.

Hoy no queda mucho ya,
solo un amor que agoniza en tus manos pero sin dolor,
hoy tengo nuevos sueños, nuevas razones,
sonrió a pesar del la huella que dejaste en mi,
se que jamás volveré a soñar con tu amor en mis brazos,
porque es una triste realidad que solo me dejo un triste desengaño,
hoy vuelvo a sonreír dándole gracias a la vida.

Ella Te Espera

Porque no le dices que fui yo quien te lleno de amor,
que he sido yo quien te ha dado los mejores años,
porque no le dices que mientras te espera como la amante,
yo me quedo tu nombre gritando.

Ella te espera si la amas, porque no le dices:
que mientras que yo te arrojo a sus brazos tu prefieres
decir que me amas,
porque no le dices que solo fue un rato,
porque si sabes que en mi no hay lugar para ti.

Porque no le dices que ha sido importante,
que no solo ha sido la otra en tus brazos,
es que acaso tienes miedo a equivocarte una vez más,
si sabes que aquí no tienes ya un espacio.

Murió el amor tu lo mataste,
en mi solo hay vació,
soledad en las noches que llenaste de frió,
ella no es mejor que yo,
no me rebajare a pelear si yo todo te lo di,
me fallaste, no pidas piedad si tu no la tuviste.

Hoy ya no importa nada,
el amor en mi solo eco,
comprender que el amor no fue eterno en tu ser,
fue lo que aceleró mi destrucción,
no pidas ya no me queda nada mas,
solo este dolor que me mata sin piedad.

Yo Jamás Lo Entendí

Han pasado los años, y en mi el dolor aun
sigue latente, jamás entendí tu partida, jamás
entendí el porque de tu adiós, los divorcios llegan
eso ahora lo entiendo, mas los padre de los hijos
no se deben divorciar.

Culpable en su momento me sentí, porque pensé
que a mis ocho años tal vez culpable fui de que
en casa no reinara la paz mi madre con
su gran ternura me explico, no es culpa de los
hijos la separación.

Mas cuando te veía en la calla y con amor te
saludaba, fingías no mirarme, y así el amor
de hija poco a poco se fue apagando, hoy
soy adulta y aun no puedo entender que te
hizo cambiar tanto que de nosotros te alejaste.

Las heridas que como niña me diste jamás
lograron sanarse, aunque mi madre linda
siempre de ternura lleno nuestras vidas,
jamás entenderé el porque de tu partida.

Veintidós años han pasado desde ese día dieseis sin
verte, ayer que supe de ti, no pensé que aun me
dolieras y pecho se estremeció y mi corazón lloro,
no supe que decir, no puede esconder, le dije a mi
madre, mama, déjalo así, perdóname pero no se
que decir, no entendí el porque asta ayer el
decidió querer saber de los hijos que asta
ayer en su acta de divorcio olvido.

Perdóname, papá, porque no se que
sentir, aun me duele el dolor que me provoco
que asta ayer yo no existí, para ti.
Perdóname papá porque yo jamás lo entendí.

Me Lo Dijo El Viento

En su suave melodía me dijo que me querías
que tu vida sin mi era solitaria y muy amarga.
En las hojas de otoño vi, caer la melancolía
que de tu alma nacía día con día.

Me lo grito el frió invierno que de mis huesos
se apodera en las noches donde la luna ya no alumbra.
Se pregunta mi vida en donde esta tu alegría
donde quedo todos los días hermosos que te di.

Porque no me olvidas si de aquí te fuiste diciendo
que olvidarme seria fácil que ya tenias a quien amar.
Yo te di tanto amor y tantas alegrías que dolía el
saber que ya no estarías....todo cambia, vida mía.

Hoy el sol me llena de calor, la luna alumbra mi
existencia las ellas me regalan su luz... ya no soy tuya.
Me duele saber que sufres porque fuiste mi vida,
duele la soledad de tus días sin calma..
ya no eres mi vida.

Me lo dijo el viento....me dijo que yo seguía siendo tu
vida pero yo deje de ser la luz desde el día de tu partida.
Hoy soy la llama de mi hogar, la piedra que edifica
y el sol que calienta otros días donde tu ya no estas.

Lo siento pero todo pasa, todo cambia y tú sigues
sin darte cuenta que aprendí a olvidar y a perdonar
en dolor que me diste ayer.

Hoy Quise Borrar

Querido hoy desperté con ansias de olvidar
de sacar de mi alma y corazón cada golpe
cada palabra que hiero mi vida, hoy desperté
ansiando jamás haberte conocido...

Hoy quise borrar cada una de tus caricias frías
quise quitar de mi mente cada sílaba de tu nombre
enterrar en el fondo del mar tu mal amor
y que mañana todo sea mejor....

Debo confesar que ha sido inútil porque no puede,
y eso me duele más que el hecho de no saber
de no estar de caminar cada día a solas por este
camino que tu me enseñaste con tu abandono...

Querido como se hace para no pensarte?
como hago para borrarte y no sentir esta maldita
ausencia que carcome mi alma, dime como se hace
para no morir sabiendo que jamás volveré a tenerte.

Si Yo Pudiera

Si yo pudiera ser, tiempo sin destino
un grito que se quede quito sin
salir y volar, hacer eco entre tus oídos
bandido que no quiere robar tu cariño.

Si yo pudiera ser, un abismo
donde tu amor no pasara los torbellinos
ni las espinas que hay en los caminos
seria un silencio infinito en ti, marchita.

Si yo pudiera ser, sencillamente en ti olvido
ser solamente un tiempo sin recuerdos
una lágrima seca en tus adentros
una esperanza quieta que no se espera.

Si yo pudiera, impedir que tú me quieras
borrarte la memoria para no sentirte
atado a mi alma, para poder verte en
libertad volando hasta el inmenso mar.

Si yo pudiera, dejaría tu alma enamora
sin un sentimiento para que no
sientas lo que ahora yo estoy sintiendo
al saberte tan enamorado de un des encuentro.

Aun Te Amo

Viaje perdido entre tantos caminos
el tiempo se llevo lo mejores años
de este amor, que se escondió entre brumas,
hoy solo escribo a tu memoria.

Aun siento el frió inerte entre mis manos
el silencio diciéndome, cuanto amor
se fue entre lágrimas calladas,
sin reproches sin destino se quedo, este amor.

Amarte ha sido siempre la pausa de mis prisas,
entregarte a manos llenas mis te quieros
y mi voz deje de ser voz, para quedarse quieta
en tu corazón hasta el final de tus días.

Pero esta realidad es otra, es solo un espejismo
de tantos días felices, raíces secas en un desierto
ya no florecerán entre mis manos las caricias
aun así , sabes bien que por siempre te amare.

Jamás Me Amaste

Tanto tiempo te espere,
tantos minutos soñé con el instante
fueron horas interminables
las que ansíe pero todo fue
inútil e innecesario.

El tiempo hoy me recuerda
que no eres mi destino
y este amor que me duele,
solo me dice que tu jamás me amantes.

Dejaste en mi, huellas, imborrables,
dejaste momentos dulces y amargos
espero cada día un instante donde no
estés para no sentir que aun vives en mi.

Talvez un día deje de amarte
quizás llegue pronto a tu vida,
ahora que no estoy...te dolerá mi ausencia
o respiras aliviado de no tener mi presencia.

Llegara un día que la vida nos ponga de frente
y ese día ya no sentiré este dolor que mata
y esta ausencia solo serán cicatrices,
ese tiempo llegara donde te deje de amar.

Al Humo Del Café

Al humo del café me voy bebiendo
las lagrimas amargas por el dolor
por la nostalgia, el desamor es
un gana que mata lento, muy lento.

A media luz voy recorriendo los
instantes vividos y los que no viví,
contigo tuve todo y nada lamento
solo muevo los hilos del ayer.

Un día a la vez viví y hoy pretendo
no sentir ante ti el dolor que vi venir
lloro en silencio sin saberlo tu
no sientas dolor por mi.

Al humo del café sufro el desaliento
de mis días sin ti pero tu jamás lo sabrás
que noche a noche detengo mi tiempo
para sonar y llorar mi amor por ti.

Desde Que No Estas

El mundo se ha hecho más pequeño
las primaveras son grises sin flores
el agobio hizo su eterno nido en mi
el pedazo de cielo que me diste ya no existe.

El susurro que el viento alguna vez me dio
se ha marchado así como llego
no quedan palabras que decir solo llanto
en mi, amor me mata la ausencia.

Los versos que escribí solo tienen dolor
y las alegrías se marcharon junto a ti
el tiempo es cruel me va dejando huellas
que en mi ya no se extinguirán, amor te añoro.

Espero a solas en un rincón el amanecer
a media luz escribo estas letras que no leerás
las cuales al viento tirare al amanecer
y de rodillas pediré que me arranque este querer.

Porque desde que no estas, nada me sabe igual
todo es oscuridad, agonía, tristeza y melancolía
ya no quiero sufrir mas sabiendo que no volverás
amor, amor, sabes que cuanto te amo pero no estas.

Rosas Secas

Esta noche sin estrellas duelen las lagrimas
el corazón sufre, calla y no quiere gritar
mas me niego aceptar la realidad,
no es mi realidad, no es mi destino.

Rosas secas en los jarrones de mi habitación
como secos están mis ojos de llorar
quien no sabe, no entiende lo que se siente
vivir callando la vida que se va esfumando.

El tiempo enemigo de mi destino
las ilusiones son flores arrancas de raíz
mi vida, es una ala que ya no vuela que se hunde
y se consume lenta en la oscuridad.

Brillara mañana el sol radiante
las flores ya no dejaran sus aromas en mi piel
y el tiempo se olvidara de mi nombre
pero siempre en los míos viviré.

El Era

Como la fe que no se pierde
como la brisa que refresca
como la lluvia que baña la tierra
y el manantial donde mi sed sacie.

El era
Principio y fin en mis días
madrugas sin desvelos
ternuras que llegan sin palabras
y esa armonía que llenaba el alma.

El era
Mas hoy ya no es ni presente ni futuro
solo un pasado que desgarra
alma en pena de mis noches
y la angustia que no calma.

El fue
Fe, paz, alegría, y el amor,
si el amor de mi vida, ese que
jamás se olvida que se lleva
aun en la herida, siempre amando.

Hoy soy.
Hoja seca, primavera sin flores
y la melancolía que se cuela por su vida,
somos dos perdidos en caminos distintos
arrastrando solo penas, sin alegrías.

Ave De Cristal

En mil pedazos cayo mi corazón
gota a gota las lágrimas salieron
fue difícil de entender el porque?
no tuve mas salida que dejarte partir.

Como ave de cristal se quebró mi alma,
no encontré consuelo de saberte ajeno,
el sentimiento lo guardare junto a tu recuerdo
amor te he querido demasiado.

Donde ira tu amor que no alcancé mi vuelo
mis alas rotas ya no volaran,
mi cielo gris sin ti se volvió
lluvia salada mis ojos derraman.

Como olvidar tanto amor,
te he dejado libre solo para que seas feliz
y si algunas vez sientes las soledad
vuelve a mi que por siempre estaré aquí.

Mi vida siempre la consagre a ti
será tu recuerdo el que me llene día a día
aunque mi alma muera en esta melancolía
viviendo en esta cruel oscuridad.

Una Nota Triste

Nacen lentas y lagrimosas las palabras
la música se vistió de melancolía,
la soledad huésped fiel a mis días
lloro lo que he perdí por amarte a ti.

No tengo nada todo se marcho con tu mirada
mis manos les falta el calor, mi cuerpo muere,
duele esta nota triste, duele y sangra la herida
porque tenias que partir dejándome tan sola.

La primavera ya no me viste de sus aromas
mi sol se escondió tras la inmensa lluvia
mis ojos secos están de tanto llorar
amor devuélveme la fe no quiero morir sin ti.

Hoy con lágrimas del alma adolorida
te escribo esta nota triste que quizás jamás leerás
mañana un recuerdo serás y de ellos solo
mis letras tristes encontraras....

Aun así te amo y siempre te he de amar
hasta siempre y se feliz aunque con ello
solo aumentes mas este dolor que mata lento
a este corazón que completo se entrego.

Desperté

La brisa me supo fría,
no tenia mas la alegría,
la ternura era herida,
y mi sueno melancolía.

Descendió la tristeza,
Agobiándome, la sonrisa,
desperté no fue mi día,
sonando vacía la mentira.

La luna escondió ni enigma
el sol se oculto tras la llovizna,
todo fue lo que no esperaba,
tenia que saber que no era.

Desperté llena de angustias,
mis ojos mares de agua salada,
con tus alegrías te alejas,
sabiendo que todo fuiste en mis días.

Te llevas todo lo que fui,
el mundo un pañuelo si valor,
el tiempo un enemigo con dolor,
mi cielo un cielo lloviendo soledad.

Días Sin Sol

Cuanto dolor se respira
el amanecer ya no es dicha
la ternura esta sumisa
y las aves ya no canta.

Corren nubes grises por el cielo
y mi sol esta escondido
sin sol sin alegría
con tanta melancolía que calcina.

Donde esta mi paz
donde esta mi fe
porque no están junto a mi
porque se alejan de mi.

Se hunde mis pies en el abismo
y la sonrisa se ha ido tras la
llovizna de mis ojos llorosos
el amor solo son grietas.

Mi alma cansada respira
triste y desolada por las calles
de la soledad que vence y mata
sin tener mas el amor que respiraba.

Días amargos sin sol, sin aire
y sin calor porque sola me he quedado
perdida me siento porque tu amor
se ha ido dejándome en el abandono total.

Hoja Al Viento

Tu mi amor de primaveras
el canto que a mi alma llega
la caricia que se entrega.

Hoja al viento mis sueños
flores que no mueren,
luz de alba que estremece.

El tiempo testigo
de los te quieros
mi amor por ti un universo.

Hoy te escribo versos
mañanas serán solo recuerdos
no olvides, eres mi anhelo.

Amor sin tiempo
designios que flotan en tu aire
amarte siempre será mi realidad.

Hoy partiré, hoy hoja al viento, seré
callando el dolor que me llevo
sabes que por siempre, te he de amar.

Hoja al viento sin destino,
sin pasado, sin futuro,
solo con tu amor como viento.

Indefensa

Amor hoy es el día más triste de mi vida,
recorro cada rincón de mi alma, para encontrar en ella
los fragmentos de la tuya, no encontré nada está
vacía tu ya no estás solo encontré soledad
y tristeza que está acabándome por dentro.

Amor dime como sobrevivo sin ti, como hago yo
si tu eras mi luz, mi alegría, mi paz y hoy no
encuentro nada, solo estas ganas de llorar
y olvidar que aun vivo, hoy no quiero sufrir más.

Como negar que te amo, más que a mi vida
negarlo, seria como negarme a mi misma,
aun siento en mi alma tú esencia,
imposible olvidarte, si aun te respiro.

Hoy amaneció y solo veo el cielo gris,
la lluvia aun no cesa y mis ojos no paran de llorar,
esta ausencia, cala, quema y me hace sentir, indefensa
ante el dolor de saber que te he perdido,
jamás volverás a mi, lo se.

Te Amo Vida Mía

Recorro mis silencios, en tul azul,
puse tu recuerdo,
te amo vida mía nunca te alejes de mi.

Mi soledad hoy tiene aromas,
me desvelo en el amor
de cada día, en tu sonrisa, que es mi alegría.

Cuéntame una historia,
te entrego mi vida,
bajo la luz de la luna, te añoro y te suspiro.

Repentino como el huracán,
silencioso como la brisa,
tan fuerte como el sol y tan dulce como la miel.

Te amo mi bien, no te valla de mi,
retenme en tu ser,
regálame un beso tibio que llene mis latidos
, una caricia suave y un te quiero sin promesas.

Ilumíname y lléname de calma,
serenamente róbame las palabras,
y yo te dejare en el cielo escrito
un te quiero, que llene tus
momentos de melancolía.

Eres mi alegría,
susúrrame una melodía
hasta que duerma en tus
brazos el alma mía.

Luz De Mi Vida

Ven, haz silencio en esta noche de desvelos,
calla el grito del alma mía, ahoga el tiempo
sin destino, viste el murmullo de golondrinas
lleva hasta el infinito mis latidos.

Destroza el aullido del animal herido
teje entre telarañas, el olvido
no es preciso discriminar, la oscuridad
donde habita la fiera, nocturna.

Llena de luz mi oscura guarida
esconde entre risas estos lamentos, destrozantes
que no dejan el alma mía, revivir
entre tanta codicia e inmundicia.

Muere sin salida el ayer, recuerdos de amor,
lloro triste ante este mundo, cruel
y despiadado que solo vive para si mismo
dejando morir entre amarguras el alma sin luz divina.

No Me Culpes

La ausencia se quedo quieta,
eras tu todo en mi vida
pero la distancia hizo estragos,
en mis días
fue difícil decirte adiós,
fue difícil que lo entendieras,
se que dijiste que a pesar de todo,
siempre estarías.

No me culpes por no estar en tus días,
no fue mi culpa, fue culpa del destino,
que naciera tanto cariño
era imposible continuar sin estar,
dependiendo de la nada,
de palabras frustradas, de un futuro incierto.

No me hace bien, recordar,
no es fácil escucharte
mi corazón me pide seguir amándote,
mi mente se niega
es mejor mantenerme alejada,
antes de volver a llorar
por un amor que no puede ser, que nunca será.

El tiempo curo poco a poco mis heridas
hoy estoy tranquila, hoy me siento resignada
se que tu amor fue grande,
pero jamás estarás a mi lado
y eso es algo que aprendí demasiado tarde.

Añoranza Mía

De donde llego,
dulce caudal de desafíos
inspirando al destino
engañoso tiempo, vivido.

A donde ira sin despedidas
difícil desatino
pretendiendo siempre
dejándome con mil preguntas,
sin respuestas.

Añoranza mía
despierta el silencio, confundido
déjame soñar en tu desvelo
cobíjame fielmente, el sentimiento.

De donde llego, no lo se
solo se que se apodero de mi ser
despojándome del ayer
que con dolor marco mi piel.

Con Besos

Escribe en tu pecho, mi nombre
no me borres nunca de tu memoria
ámame como te amo vida, mía
no quiero promesas,
solo saber que eres mi vida

No me digas que me amaras, por siempre
no lo digas, solo quédate aquí junto a mi
se que la mañana nos sorprenderá,
llévame contigo en la eternidad.

No importa el ayer, no importa el mañana
solo este mágico momento, viéndote soñar
eres mi instante, mi cielo, mi destino
aunque sea solo en este minuto, compartido.

Esta noche déjame escribirte con besos
todo este amor guardado en mi alma,
déjame tatuarte con suspiros mis te quieros,
para que siempre los lleves contigo.

Hoy Podría

Hoy podría, decirte que te extrañe,
pero mis labios sellaré.
Hoy podría, decirte que eres todo en mi vida,
pero prefiero esconder mis sentimientos.

Podría, decirte acompáñame por el camino,
pero prefiero caminar a solas.
Hoy podría, contarte que me dolió,
no verte, pero no diré que me alegra,
saberte presente.

Hoy podría, confesarle a todo el mundo
mis secretos, pero prefiero escribirlos
en intentos de versos.
Hoy podría, correr a tu encuentro,
pero prefiero verte de lejos.

Hoy simplemente deje de ser yo, y me volví eco,
sombra de mis propios sentimientos.
Hoy las cosas no son como ayer,
y el sonreír con una careta es mejor,
escondiendo el dolor.

Hoy tu no estas, hoy ya no estoy, hoy tu no
eres mi amor, y yo solo soy viento,
en el atardecer de mis sentimientos.
Hoy solo no quiero ser yo y olvidarme del resto.

Hoy podría, más prefiero,
ser sombra perdiéndose, en el viento.

A Que Te Sabe

A que te sabe el silencio en esas noches de soledad?
en donde refugias tu alma en las noches sin calma
aun me recuerdas o odias mi nombre entre las brumas
acaso te duele mi ausencia o sencillamente la ignoras.

A que te sabe el tiempo, donde ya no tienes alegrías
aun recuerdas los instantes felices, aun los recuerdas
en que piensas cuando desvías tu mirada ausente
en donde guardas ahora tus sentimientos, callados.

A que te sabe el misterio de los días que ya no mencionas
en donde encierras tus secretos que ayer fueron míos,
es que ahora ya los borraste de tu memoria,
o aun tienes la manía de fingir que no te importan.

Esta noche llena de nubarrones me pregunto
a que te sabe el silencio que me dejaste
te duele o sencillamente ahora es pasado en tus días
fue amor o mentira, fue alegría o una llama en la lejanía
que lleno en algún momento tu vida de armonía.

Día Con Día

He amado tu tierra como, amo tu sangre
me he perdido infinidad de veces en el cálido
y sobrio atardecer de tus melancolías.

Has sido mi destino aunque te parezca mentira
porque aunque no estés conmigo,
sigo atada a tus raíces,
esperando del tiempo una explicación perdida.

El tiempo lleva y trae mil suspiros,
esperando un día encontrarte en el camino,
ese que quizás se quedo sin destino,
mientras que tu, sigues esperando al amor,
ese que se escondió en la agonía.

Dos destinos, dos vidas, tan vacías,
añorando día con día lo hermoso del amor,
ese que un día nos dejo tan solos,
esperando el milagro de amar,
sin darnos cuenta que los años nos dejaron,
solo melancolía y soledad,
que nos cuenta tanto ya ocultar....en la lejanía.

Que Nos Queda

Es triste el darnos cuenta que ya nada nos une
que el amor en nuestras manos se ha hecho trizas
tu vives tu vida a tu manera,
sin sentir ninguna pena
yo sencillamente digo no me interesa,
aunque me duela.

Por que delante de los demás decimos te amo
cuando por dentro nos estamos odiando,
desde cuando vivimos las apariencias,
si tu en otros brazos llenas tus instantes.

Mi lecho de rosas en espinas crueles se tornó
ya no siento alegría a mis años,
me duele sentirme tan vacía
porque no mejor decidimos alejarnos,
antes que nos hagamos más daño.

Porque después de tanto amor,
solo queda desengaño
el amor se convierte en nuestro peor enemigo
Sintiéndonos como dos extraños....

Grieta Interna

Ayer sentí el miedo, si ese que no se siente
mientras estas conmigo, ayer sentí el silencio
recorriendo mis cuatro paredes, fue aterrador
el saber que la soledad araña mi alma solitaria.

Ayer agonizó el sentimiento, es aniquilante
mientras el amor lucha por sobrevivir a la soledad
solo quedan cenizas de esos días, donde viví, feliz
hoy ya no tengo ganas de amar....Lo imposible.

Ayer, que es el ayer entre estas rejas, del presente
es solo una ventada cerrada a la añoranza
al destiempo, al abandono de mis años felices,
es una grieta interna donde no quiero morir de sed.

Hoy es un anochecer en soledad,
eres un fantasma perdiéndose en el tiempo
un perfume que se quedo prendido en mi alma,
dejándome sin aliento....
Sin calma viviendo del recuerdo que mata.

Quizás Así

Recuérdame en tus días grises,
piérdeme en el tiempo
y refúgiate en esos momentos de amargura.
quizás así puedas entender un día
de cuanto te ame, quizás solo así puedas entender,
lo que me dolió tu adiós.
No es tristeza ni revancha,
es solo que al pensarte
me siento tranquila y me pregunto
porque ahora me llamas,
porque ahora a mi alma reclamas,
quieres de nuevo robarme la calma
es justo el amor, ayer fui yo la que te adore,
ahora eres tu, cuando no queda ya nada.
El amor se nos fue entre lágrimas amargas
y el tiempo solo nos convierto en un
destino sin calma...ahora yo vivo mis
sueños pero sin pensar en tu amor.

Después De Todo

*Después de todo, aun sigues aquí aun me cuentas los
minutos al oído aun me recuerdas que eres mío.*

*Después de todo, aun pienso en ti, siento tu respirar, en mi,
siento el tiempo arrastrando cadenas aun.*

*Después de todo, amor, después de todo, aun siento tu
amor, atado a mi piel aun siento el amor que lleno mi ser y
aun me hace estremecer.*

*Después de tanto sufrir, aun eres importante
aun sigues acompañándome en cada instante aun te amo
irremediablemente aun sigues atado a mi existir.*

Cuanto Vacío

Lágrimas nacen de mi corazón,
lágrimas saladas
desespera mi alma, siento esta ausencia
carcomiéndome el alma,
cuanto vacío, no estas,
como llenar mis noches con tu soledad,
como cambiar el día gris si a mi no
llega la claridad de tu mirar.
Tanto dolor mata, destruye mis entrañas
desespera y se queda a medias
sin sentir como se van los días claros, amenos
si eras tu amor, mi paz, era tu amor
esa dicha que bañaba mi alma,
en las madrugas
dicha que se siente tan lejos, tan ausente.
Es triste comprender pero fue así,
así se cerré las puertas del destino,
canción amarga que daña el instinto
amare el mañana, amare la dicha
esa que no se siente cuando se ama
esa que se fue quedando atada al ayer
y no al mañana, me de angustia,
al sentir el olvido
anclado en el atardecer de mi alma
y me enamora de la eterna melancolía.

El Amor De Mi Vida

El que sabe amarme sin medida
entregando siempre su alegría
dándole razones sin explicaciones
así es el sin mentir ni exigir.

Amo su mirada su ternura
y ese viento huracanado que se apodera de mi
su ternura y su tiempo legitimo entregado
gritando y otras veces callado el sentir.

El amor de mi vida, no me pidan explicación
le amo con devoción, como ama la
tierra a la lluvia y la luna al sol, llorando
y otras veces serena y fielmente enamorada.

El es el hombre que amo a plenitud
con mis virtudes y defectos así el me acepta
queriendo en cada suspiro dar la vida entera
y saberme libre al llegar a su puerta.

Enredada en el presente, sin un futuro,
el siempre será mi puerto y su amor mi bandera
bebiendo de sus labios el néctar que da vida
y me hace sentir que aun estoy viva.

Esta Noche

Esta noche mi cielo no tiene estrellas
el viento presagia furia, la noche se siente
más oscura que nunca, el frió cala, hondo.
Llora el cielo de tanta melancolía,
que lejos se sienten las agonías,
que lejos de esos días donde pensé
que por amarte tanto moría,
el tiempo todo lo cura bien lo decías vida mía.
Ya no siento esos desvelos que por las noches,
como esta me robaban el sueño
hoy mis sueños se remontan a otro cielo
donde correr bajo la lluvia es un
instante infinito, donde se que tengo
un lugar sin recelo ni desvelo.
Vive mi alma enamorada sin pensar
que fue de ese amor del ayer que me
robo por tanto tiempo la calma
y destrozo mi alma.

Me Iré Así Calladamente

Me iré así calladamente!!
como llegue sin más prisas que la razón
que me orilla a alejarme de todo lo que
fue mi vida..

Me iré así calladamente!!
como las hojas en otoño cuando son arrancadas
por el viento y arrastradas a su ultimo destino.

Me iré así calladamente!!
dejándote como recuerdo el ultimo beso,
un beso que no te duela al sentirlo,
me despojare de mis tristezas y me vestiré de alegría.

Así calladamente, sin que sientas la amargura
la tristeza, ni mi desespero...
Me iré así calladamente!! por caminos inciertos,
por montañas llenas de flores
y buscando mi destino, sin un grito, sin prisa.

Me iré así calladamente!!
como llegue a tu vida, despacio para que no sientas
mi partida, dejándote mi recuerdo, mis alegrías
y mis secretos, esos secretos, que ya no son míos
porque te los entregue junto con mi alma...

Me iré así calladamente, buscando entre las razones,
una que me de la alegría y la esperanza de un día
poder encontrar un mundo mejor para soñar.

Me iré así calladamente.. Como llegue, sin más dolor,
que el que me provoca mi propia partida...

Me iré así calladamente...

En La Calle Del Olvido

Llora solitaria el alma vacía,
envejecen sus manos y las arrugas
que el tiempo va dejando,
son inevitables, ayer bella flor
hoy destrozos, sin aliento
que solo guarda recuerdos,
llenos de dolor y desesperación.

Grita desolada, nadie escucha ya
su llamada, el olvido ha quedado desolada,
y lo que todo fue felicidad,
hoy solo es rencor respirando, en su interior,
todo sabe amargo, sin mieles
que endulcen su paladar que muere de sed.

En la calle del olvido, destrozada pide a gritos
que le devuelvan la inocencia,
que le arrebataron sin piedad,
una madrugada
hoy su alma envejece sin más aliento
que unas lágrimas que llenan de dolor,
su alma que alguna vez fue buena.

Demasiado tarde, se dice en su interior,
mientras su cuerpo cubre de harapos viejos
bebiendo del trago que la embriaga para olvidar
el dolor que alguna vez le dejo un mal amor
que en la calle del olvido la dejo.

Su belleza se quedo en la fría banqueta
mientras que las ilusiones por penas las cambio
el amor, trago amargo que en copa rebosante bebió
solo el sabor amargo le dejo...
Hoy solo recuerdos, penas, amarguras, y un
corazón que en la calle de la amargura morirá.

Respirando Melancolia

Algunas veces la lluvia, borrara mis pasos
otras el viento removerá, el polvo de tus recuerdos
sin embargo mi amor siempre quedara,
intacto al tacto de tus manos, aun te espero.

El tiempo y la distancia fragmentos de lo equivoco
aun así, mi amor sobrevive y se resguarda, para ti
vibran mis latidos al pensarte y recorrer en mi memoria
los momentos preciados de amor que vivimos.

Caen las tardes día a día y suenan en mis oídos
tus latidos, espero sin desespero,
el instante de volver a tener tu amor
tatuado en mi piel como ayer, así camino sin destino
despertando en cada amanecer después de soñar
tu querer.

La lluvia podrá borrar mis pasos,
pero el tiempo jamás borrara de mi pecho
este amor que por ti yo siento,
aunque pasen muchos años yo seguiré despertando
día a día con tu alegría y respirando esta melancolía.

Si Tu Me Esperas

Mil promesas plasmadas en lienzos de nubes azuladas
Vientos que rescatan los suspiros tiernos y verdaderos
el ave azul vuela surcando el infinito vestida de ti
No hay llano que no escriba en semilla nuestra historia.

Me quieres con el amor de siempre, con el que se respira
te amo con la ternura de despertar cada día,
besando tu alegría.
Ríos de te quieros al ver llegar el alba soñoliento,
el sol nos ilumina.
la luna se lleva a soñar nuestros secretos,
de amor entregado.

Nunca nadie te amada tanto como yo,
ni nadie me hará más feliz que tu.
No precisó gritarlo y menos murmurarlo,
lo sabe tu piel que me respira
y tus manos que llevan mi aroma
y tus besos que bebe de mi cada instante,
tu tiempo mi tiempo, mis momentos,
tus momentos así lo decretamos.

Si tu me esperas yo te espero soñando,
entre estrellas fugases
el cielo me contara si te alejas, tus pesares,
yo curaré por siempre tus heridas,
así viviremos por siempre a menudo diciendo
por siempre eres y serás mi estrella mientras
que yo amor siempre te contare cuanto te amo.

Brindo Amado Mío

Brindo por los hermosos recuerdos
por las horas largas de felicidad que me diste
por las noches que abrazado a mi sonreíste
por el tiempo que jamás volverá.

Brindo amado mío, por la paz que me dejaste
por el alma embriagada
y el amor que sin temor llenaba
cada poro de mi piel haciéndome estremecer.

Brindo porque contigo yo conocí el amor
dejando en mi interior toda una gran lección
los instantes en mi pecho ahora son eternos
mi vida es nueva porque tu caminas a mi lado.

Hoy levanto mi copa llena de amor
para que en tu vida nunca falte cariño
y compresión que todos tus días estén llenos de sol
y que jamás la nostalgia se apodere de tu corazón.

Brindo por tu alma buena y para que en toda época
la paz del divino creador sea tu alimento y sonrías
aliviando sabiendo que aunque no este a tu lado
por siempre seré el amor que bañe tu ser.

Te Espere

Tanto tiempo te espere,
tantos minutos soné con el instante
fueron horas interminables
las que ansíe pero todo fue
inútil e innecesario.

El tiempo hoy me recuerda
que no eres mi destino
y este amor que me duele solo
me dice que tu jamás me amastes.

Dejaste en mi, huellas imborrables
dejaste momentos dulces y amargos
espero cada día un instante donde no
estés para no sentir que aun vives en mi.

Talvez un día deje de amarte
quizás llegue pronto a tu vida,
ahora que no estoy...te dolerá mi ausencia
o respiras aliviado de no tener mi presencia.

Llegara un día que la vida nos ponga de frente
y ese día ya no sentiré este dolor que mata
y esta ausencia solo serán cicatrices,
ese tiempo llegara donde te deje de amar.

Adiós Año Viejo

*Hoy es la última noche de este año viejo cuantas
cosas vienen a mi memoria de los días a lo largo
de los doce meses vividos cuantas cosas pasaron
cuantas cosas gane y cuantas perdí.*

*Noticias que derrumbaron mi vida pero que
hoy me hacen ser mejor persona cada día
ilusiones, amor, amistades que demostraron
ser sinceras cuando más las necesité.*

*Esta es la última noche del año y estoy agradecida
con Dios por darme la oportunidad de llegar a este
día se que en unas horas más todo empezará de nuevo
pero lo vivido a lo largo de este año quedara por siempre
en mi memoria, porque han sido momentos tristes,
momentos felices.*

*Gracias Dios por la hermosa familia que me
has dado gracias por las amistades y
gracias por el tiempo que me permites disfrutarlos.*

*Adiós año viejo contigo se quedan los desastres
emocionales y naturales vividos contigo se quedan
las cosas duras y con el nuevo año llegan nuevas
esperanzas nuevas razones de vida y sueños
hermosos que esperamos en Dios realizar.*

Adiós año viejo.

Amor Tardío

*Amor que llegaste como la primavera a florecer mí
vida que como lluvia fresca llenas de alegrías
mi existencia....que tarde llegaste.*

*Amor que sin pedir permiso te apoderas de mí,
llevándome por caminos desconocidos
y me muestras un mundo distinto
y me enseñas que todo es posible,
si es por amor.... Que tarde llegaste.*

*Amor cuanta felicidad me has dado y que feliz yo soy
aprendiendo de ti, a sonreír, a amar la vida
a dar gracias a Dios por todo lo bello que hoy tengo,
amor quisiera llenarte de amor, quisiera darte mi calor.
Pero que tarde llegaste.*

*Llegaste cuando mis ojos cansados están de llorar,
llegaste cuando mi mundo en gris se ha tornado,
llegaste cuando en mi interior solo a quedado vacío
y soledad y a pesar que en medio de todo me has
dado felicidad siempre con dolor exclamare...
Amor.....Amor que tarde llegaste a mi vida.*

Ángeles De Alas Rotas

Sueños rotos, sonrisas, tristes los veo caminar
por cualquier esquina, con una lágrima
que se desliza, por su pálida mejilla.

Ángeles olvidados, niños que no tienen la culpa de ser
los más necesitados,
ángeles de las alas rotas, necesitados,
que nadie toma en cuenta.

Muchos nacieron incapacitados y los padres
ingratos por no querer cargar con ellos en un
orfanato los han abandonado.

Angelitos lindos, cuanto han sufrido,
porque este mundo es tan cruel,
si ustedes no pidieron venir
a este mundo, angelitos de las ala rotas.

Porque? tanto martirio, míralos señor mío,
culpables los más fuertes que de su inocencia
se han aprovechado.

Aprender

Cuantas veces conté mis caídas, sabía vida,
que me enseñó sin medida.
Equivocada quizás grite por el dolor, solo
Dios y la vida saben cuanto me dolió.

No esperaba nada más, solo un pedazo
de cielo, un pedazo de mar, para soñar.
Ayer todo cambio, mi corazón no me escucho,
solo fue sabia la vida que me dio, y me quito.

No lamento, pero tampoco rió, lloro lágrimas,
bebo rocíos, cálida luz, que vive en mi delirio.
Cuéntale a Dios, corazón mío, que siempre
vivo el sueño iluso y en mi refugio escondido.

Aprendiendo voy, de la vida, a la muerte, no temo,
solo temo el no saber mas de ti, morir con tu nombre.
Sentir tu figura palpable, tener de tus manos la
caricia y morir con el ultimo beso en mis labios.

Dios dame la esperanza de aprender, que lo que
hoy y mañana vendrá, solo es una ilusión,
hoy todo es realidad, un destino que es mi verdad.

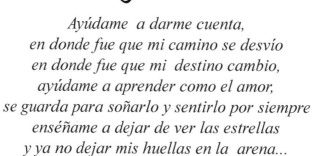

Ayúdame

Ayúdame a darme cuenta,
en donde fue que mi camino se desvío
en donde fue que mi destino cambio,
ayúdame a aprender como el amor,
se guarda para soñarlo y sentirlo por siempre
enséñame a dejar de ver las estrellas
y ya no dejar mis huellas en la arena...

Ayúdame para comprender la vida
que sola no podría.
Enséñame a olvidarme del dolor sentido,
ayúdame a ser más fuerte
a encontrar en las mañanas las sonrisas
enséñame a entender,
que la verdad es mas importante que la razón.

Ayúdame a caminar los mismos caminos recorridos,
pero esta vez sin que tenga agonías.
Dime en donde me equivoque
porque ya no se si el amor es tangible
o solo es producto de mi agonía.

Y te juro que no quiero morir sin escuchar
de tus propias palabras la verdadera razón
de lo que es la realidad.
De tu realidad de tu dolor de tus tristezas
como saberlas,
si en esta agonía yo muero cada día.

Ayúdame a no, solo adivinarlas sino a sentirlas
para hacerlas mías, sabes que no puedo seguir,
sabiendo que tu sufres por dentro y callas tu sentir
cada día y yo sin poder hacer nada
por aliviar tu dolor, haciendo más grande el mío...

Mi Amor Por Ti

Mi amor por ti,
ha sido así, sin tiempo
sin destino.

Un barco a la deriva
un silencio confuso
un aliento de vida.

Mi amor por ti
esquivo y temeroso
ansioso de tus besos.

Doloroso recuerdo
o ilusión que se pierde
en las tardes de lluvia,
donde no estas.

Ame Tus Locuras

Al son de una vieja canción
vivo el recuerdo vivo tu amor
asió un instante callando
soñando estar en tus brazos.

Ame tus locuras, ame tus tristezas
todo lo que nacía de ti lo amaba
porque fuiste mi destino deseado
el amor que siempre ansié.

Hoy solo eres recuerdo
solo eres el eco que me hace estremecer
ya no estas, ya no puedo sentir
tus manos acariciando mi piel.

Lloro al recordar lo mucho que ame
mientras que hoy se consume mi piel
ansiando un instante,
ansiando volverte a tener.

Donde estas me grita mi piel
ya no hay nada que mitigué mi sed
quiero de tu labios beber,
el néctar de tu miel.

Generaciones De Dolor

*Tiempos van pasando, dolor cargando, de
generación en generación, asta cuando
tendremos que llorar, el sufrimiento,
de haber nacido, mujer.*

*Porque tenemos que llevar en el alma,
el dolor, de ser mujer, porque el
veneno del cáncer, nos eligió, para
llorar, para callar, para morir, sin fe.*

*Generaciones de dolor, de mujer, a mujer
el veneno vuelve a parecer, de generación
a generación es difícil de radicar, y nos
mata lento, sin piedad, sin poderlo evitar.*

*De generación en generación, niños, viviendo
este dolor, quienes culpables no son, Dios
cuanto dolor, nos toco vivir de generación
en generación, duele morir así.*

Déjeme Llorar

Dolor, tristeza y soledad, amargura,
en estas lágrimas al llorar, el amor que se fue
que en la cruel soledad,
abandono este corazón, déjeme llorar,
déjeme desahogar el dolor que siente mi corazón.

Hoy no quiero reproches, hoy no quiero que me
digan te lo advertimos, mi corazón estaba ciego
el amor le segaba, el amor le llenaba y no me
di cuenta que mi sueños me robaba.

No quiero compasión, y menos lastima, se que
me lo merezco, por confiar en quien nunca supo
amar y menos entregar un amor sin falsedad.

De que sirve saber que todo entregue al ser
que un día me juro quererme con el corazón
mientras que en otros brazos apagaba su pasión.

Hoy solo le resta a mi corazón, ser fuerte
y no morir, por quien nunca le supo amar que
solo pago con una vil traición.

El Amor, Sin Ti

Saben a hiel sin ti, los recuerdos,
Dependo de la tristeza para vivir,
Añoró el sonreír sin las miradas,
Ya no soy feliz, sin tu amor.

En el amor o en el dolor se puede ser
feliz, y empecé aprender de ti a no
morir, el tiempo va y viene y me muerdo
los labios para no decirte que te amo,
no, no tiene caso amar, si ser escuchado.

El olvido en tus manos sabe a instantes,
en mis días sabe a eternidad,
ay Dios!! cuanto te amo y sin embargo
camino cada día en sentido contrario.

Aplicándole a mi vida las lecciones
que me regala los instantes de dicha,
olvida, le grito a mis adentros,
tu recuerdo vivo, quema y hace más grande
mi herida sangrante.

Mañana volveré, me olvidare, viviré,
y tu recuerdo ahogare en el mar de los silencios
donde tu nombre no surja más
sepultado quedara junto a los días
felices de mi vivir, junto a ti.

En Un Minuto

Cuantas cosas podría decirte en un solo minuto
tal vez te diría que te amo, tal vez podría regalarte
un tibio beso.
Cuantas cosas podrían pasar en un minuto, tal vez
correría a tu encuentro, tal vez me alejaría callando
mis sentimientos.

En un minuto, pediría perdón si alguna vez te ofendí
tal vez te diría que sin ti no se vivir, o tal vez te diría
que fuiste el mejor amigo que conocí.
Cuantas palabras me dejarías decir si un minuto me
dieras para expresar que la vida es corta y no quiero
partir llevándome tanto sentir.

Tal vez solo bastaría un solo minuto para poder decir
las cosas que por miedo jamás pude expresar, por
pensar que si las decía todo en un minuto podían cambiar.
Tal vez la vida es corta, y en un minuto se puede acabar
y yo que te amo, tengo miedo de irme sin decir lo siento
te dejo mi ultimo aliento.

Si en un minuto te pudiera decir todo lo que por ti siento
tal vez sin pensarlo, tu me regalarías un minuto
de tu tiempo, y el tiempo en un minuto sellaría
el hermoso amor que por ti siento.

Si tan solo tu me dieras un minuto de
tu tiempo.

Yo Solo Quería

Ser la lluvia, la sonrisa en tus labios,
la alegría, la ternura, y el misterio
que a tus noches llenara de besos.

La ausencia que llenaras tus pupilas
las preguntas y las respuestas,
ser lo inexplicable y amarte hasta el final.

Llenar de amaneceres tus días,
ser la sabanas que cubrieran tu cuerpo
cuando sitieras fríos.

No pedía más de ti, solo un amor
que fuera mi calma, mi alegría
y el dolor que escondiera en mis días.

Ser la razón en la distancia,
el ave que volara en tu cielo y descansar
en tus brazos al llegar el alba.

Yo solo quería ser tu amante y tu amiga
ser la felicidad que llenara de dulces
caricias nuestros días.

Mas hoy soy viento, soy río
soy soledad, ave que en otro cielo
encontró el vuelo para descansar.

Sin Despedidas

Busque siempre una estrella,
una razón luche, hasta el cansancio
por las cosas que fueron reales para mi, amar, soñar,
dar mi vida por quienes más amo, eso fue mi lema.

Me marcho sin despedidas,
se que falta poco,
pido perdón si en alguna vez me equivoque o les falle,
si dije algo que sin darme cuenta
hirió, soy humana, llena de errores.

Escribiré mi vida entera, en un poema
les dejo un recuerdo y un adiós,
mis lagrimas y mi dolor, también mi alegría
y mi sonrisa los momentos felices los
retengo a mi lado.

Desde Que No Estas

Querido no queda mucho por decir,
no tengo mucho que contar, solo vivo mi
soledad, desde que no estas.

Hay caminos sin retorno, hay días
Sin lunas llenas y amor sin amar,
camino el mismo camino el mismo
destino de mi desvelo.

Esta tarde la lluvia cae, corriendo
junto a las gotitas, siento la soledad
deslizándose por mis mejillas, son mis
lágrimas perdidas que buscan una salida.

Sabor Amargo

Sabe amargo el sabor de tus mentiras,
en cada respiro siento el dolor,
entregue el corazón a quien no lo mereció
y hoy solo sabe a traición, ay Dios cuanto lo desprecio.

Mi manos vacías están, el corazón con mil heridas,
tus palabras crueles navajas alojándose en mis ansias,
tu crueldad sin limite, el amor que di, fue sin medida
hoy solo me causas heridas..

Ya no queda nada, solo un dolor que quema el alma,
me dices que me amas, pero tus acciones, destruyeron,
el amor que te di a manos llenas,
te entre completa mi alma.

Mientras que tu te olvidabas de mi a cada paso,
donde están, las promesas ante Dios,
donde esta el respeto por la familia,
vete de mi, hoy me olvido de tu existir.

Róbame El Silencio

No, no digas nada solo quédate en mis mañanas
solo llena mis noches sin calma, róbame los pesares
sumérgeme en el silencio de tu mirada
secando mis lágrimas
llévate contigo la amargura y mis grandes pesares.

Llena mi cielo de hermosas golondrinas, enséñame,
a vivir en mi propia piel y no llorar con la melancolía,
el silencio también es una forma de trasformar el amor, regálame, el sentimiento a
flor de piel
y dime que me amas con tu alegría.

El fin de un amor siempre duele más el amor nuestro,
solo lo transformo el tiempo, me amas todavía?
te amo con este amor de lunas dormidas.

La alegría devuélvemela
y róbame el silencio de mis días,
dando paz, a la tormenta que se desato en mi vida,
me volví inestable y sin emociones vida mía.

Por Si Te Preguntas

Por si te preguntas como estoy
por si la ultima canción lleva mi calor
y si el viento te grita que sigo ausente
no te tortures si me volví lejana.

Porque la vida me negó tu risa
y los amaneceres tus ternuras
el tiempo se volvió enemigo de mis risas
y el timbre de tu voz jamás lo escuche.

Fueron tantas cosas que yo me pregunte,
por si tu no lo sabes también llore
sin saber en donde se perdió tu querer
ese que jamás conocí porque tarde llegue.

Lejana sin tiempo y sin ti porque nunca
supe de ti ni tu de mi quien llego y quien
se fue cerrando las puertas al ayer
al presente que jamás entendí ni encontré.

Por si preguntas como soy, porque nunca
llegue a tu ser y solo fui brisa que acaricio
la llovizna en tus días de abril, el tiempo
nada perdona y no deja mas huellas.

Si alguna vez pasas por mi lado no pensaras
que fui la que ayer robo un pedazo
de tu corazón porque en tus versos me
inspire para escribir lo que hoy ya viento es.

Tu amor fui, ese que jamás contaras,
mi amor fuiste sin pretender ser dueño ni
esclavo de mi querer, así callo hoy la inspiración
que llora melancolía en esta noche fría.

Podré Decirte

Podré decirte quizás un día, que eres mi poesía
mi alegría, podré quizás gritar que sin querer
te ame mas que a mi vida, sin que eso duela
en mis adentros por no poder tener tus besos.

Me preguntare en las mañana de lluvia
si fue alguien significativo en tu vida
o solo fue un escape a tus días de melancolía
jamás sabrás que en mis noches llore esta agonía.

Pagando estoy esta condena de amarte
así tan lejano, tan ajeno, tan indispensable
para sentirme vida, haciéndome falta en cada
despertar y en cada suspirado perdido.

No si algún día podré borrarte de mi ser feliz
sin saber que es de tu tiempo sin mi sabiendo
que eres dueño de esos besos que no te di,
de las caricias que se fueron cesando
por no poderte decir que eras mi existir.

Para Que Llorar

Se que lo que diga no lo entenderás
lo que mis ojos esconden tampoco lo entenderás
aunque tu mejor que nadie sabe mi verdad
esa verdad que duele que carcome y que me mata cada día.

Se que te duele verme así cada día que si pudieras
me darías tu vida para que yo sea feliz
lo se mi amor no tienes que decírmelo
lo se, siempre lo he sabido pero el destino es así.

Tal vez la vida no me de tiempo de despedirme
de quienes yo amo tanto, pero saben bien
que les amo y que siempre han sido mi fuerza
en medio de este triste destino que me toco vivir.

No...no quiero que trates de entenderme solo
quiero decirte cuanto te amo y que los días
que me has dado han sido los días mas bellos
que he vivido.

no es lamento y tu lo sabes hoy presiento
que todo esta a punto de pasar y el dolor pronto se ira pronto se marchara y me
dejara, podré ser libre y dejar volar
mi alma como gaviota en alta mar.

Para que llorar eso no sirve de nada,
no quiero que me encuentre el alba cubierta de llanto
solo quiero sonreír y ser feliz hasta el ultimo momento
porque se que así mi alma encontrara mas rápido
el camino que me lleve al final de mi destino...

Dolor ya déjame volar, deja mi alma en libertad
ya déjame un momento,
ten por un momento piedad de mi.
Dolor deja ya mi alma volar, que de ti ya cansada esta,
dolor déjame, aunque sea en el último momento
ser un poco feliz y ya no sufrir más.

Padre

Cuanto amor se quedo en mí,
he extrañado tanto la tibieza de tus manos,
jugar contigo y que me cuentes cuentos,
padre, cuanto añoro tus ojos de miel.

Tu amor, tu sonrisa, cuanto me falto,
con ternura veo cuando un padre
abraza a su hijo, le toma de la mano
al cruzar una calle, pienso en ti
y una lágrima se me escapa,
me dueles tanto papá.

La vida no es fácil, eso hoy lo se
los tiempos pasan, pero el amor
y la añoranza quedaron en mi alma clavadas.

Padre lloro tu ausencia aun,
me duele que no estés,
duele tener las manos vacías y no saber
que fue de tu vida, hoy en este día,
sangra más la herida.

Agonía

Agonía, mira en lo has convertido
mi vida, yo que ayer no sufría,
yo que ayer solo sonreía.

Muerte, porque no vienes y me llevas
porque me tienes aquí sufriendo que no te parece
ya bastante el tener que verme muriendo sin tener muerte.

Dios perdona mi blasfemia,
es que es ilógico que yo tenga que llorar
cada día, sin tener una esperanza que alivie
o que acabe con mi vida.

Tristeza aléjate de mi vida, amargura porque
insistes en quedarte
si sabes bien que no eres bien recibida.

Dolor, porque no buscas otra guarida donde
puedas refugiar tus heridas porque?
tenia que ser la mía.

No Quiero Olvidarte

Mi alma te ama, mi corazón te espera en los
segundos del reloj, y se que los meses pasan
y aun guardo la esperanza de amarte algún
día, no quiero olvidarte, porque te amo.

En este amor que es mi sustento, la alegría se
esconde en los rincones, mi alma enamorada,
y mis ilusiones juegan en cada gota de mi
sangre asta llegar a cada poro de mi piel.

No quiero olvidarte aunque jamás vuelvas
a mi, no quiero olvidarte, porque si te olvido
el dolor hará nido en mi corazón, jamás sabrás
que mi corazón te espero asta morir de frió amor.

No quiero olvidarte, porque el día que el olvido
llegue a mi vida, ese día sabré que morí con tu
nombre en mis labios, y tu mi ausencias lloraras
y jamás me perdonaría verte una lágrima derramar.

No quiero olvidarte, amor, jamás quiero olvidarte, porque solo a ti,
puedo amar con este amor que aun sin tenerte, me hace tan feliz, es
por eso que no quiero olvidarte, jamás.

En Aquel Pedazo De Cielo

Demasiado tarde, amar cuando el amor
ya no es, cuando en otro cielo libera sus
alas, no se que decir no se que escribir
en esta noche fría que mi alma te añora.

Cierro mis ojos y dejo mis sueños volar,
un pedazo de cielo , una estrella fugaz
un enigma y un corazón que ama a
quien lejos de su sentir esta.

No amor, solo déjame soñar,
solo la luna inquieta esconde tu nombre
que en las noches de desvelo en mis labios
se esconde, solo te amo, no pido más.

Trozos de mi alma, canto de sirenas
en el inmenso mar, murmurando un te quiero,
que a tus oídos jamás llegara,
solo tómame de la mano, y camina contando
estrellas bajo la lluvia.

Sin Sueños

Estoy viva lo se, siento el frío,
Siento el alma temblar, siento el viento
arrullándome, entonces porque
ya no siento tu presencia en mi.

Se que todo cambia, yo cambie sin darme cuenta;
pero estoy viva aun camino, respiro,
sin sueños y con algunos sueños fallidos,
pero ya no estas, ya no te respiro.

En las puertas de mi alma ya no esta,
tu nombre grabado, sin darme cuenta tu recuerdo
deje volar, hoy solo eres un respiro más,
un eco, sin ternura, una sonrisa desnuda,
y un recuerdo sin historia.

Te ame más que a mi vida,
por ti vivía, respiraba y al marcharte empecé
a morir sin ti, el alma seca quedo, de tanto llanto,
de tanto dolor, ya no estas en mis noches sin calma,
ya no te siento, hoy digo a dios al
sentimiento que alguna vez nos unió....Lo siento.

Huellas Al Partir

Moriré feliz sabiendo que he tenido
mucho más,   de lo que alguna vez soné
no me dolerá desprenderme,
de todo lo que fue, mi vida en este mundo cruel,
el tiempo te dirá
que a pesar del dolor todo tuvo una razón de ser.
La pena se sentirá liviana, un equipaje
del que me despojare al partir, las angustias
las borrare y mis alas elevare
sintiendo que el momento de llorar se fue,
no espero que llores por mi, al contrario
quiero que escuches nuestra canción
y sonrías al pensar que fueron grandes
los instantes de fe,
atando nuestras almas al ayer.
Me encontraras en el tiempo que te ame,
en la poesía que te regale
y en todo lo que me ato a tu piel,
porque mi esencia en el tiempo por siempre
se quedara viviendo en tu ser
como en las palabras grabadas en
tu corazón deje, para que no me olvides
y al recordarme puedas en el aire, respirarme.

Tiempo Para Decir Adiós

*Hoy mi mundo se derrumbo, junto a ti
no supe ni que decir, sabía que nada podría
cambiar ya esas palabras, expresadas.*

*Cerré mis ojos fuertemente, para evitar
que vieras mis lágrimas que lentamente,
se asomaban.*

*Camine dos pasos y volví mi mirada y te dije,
esta bien es tu ultima palabras, yo no diré nada
buena suerte y se feliz a donde quiera que vayas.*

*Y empecé a caminar lentamente,
sin querer mirar atrás sabia que era definitivo
y que el tiempo de decir adiós había llegado.*

*Mientras me alejaba, mi corazón y mi alma
se destrozaban y en cada lágrima llorada mi
sangre se derramaba.*

*Tu tiempo de decir adiós, así sin explicación,
así es mejor, saber los motivos matarán más
a mi corazón.*

*Tiempo para decir adiós, lo vi en tu mirada
y sentí que ya no se podía hacer nada.*

*Me diste el amor más hermoso que jamás
imaginé llenaste, mi alma de un gran sentir
y hoy....hoy llegó el momento del adiós.*

Madrugada

Soledad tiñendo el alba,
golondrinas perdidas sin rumbos
almas solitarias, sin risas
sin embrujos, ay madrugada,
mi dulce aliada.

Queman los silencios en el alma
desorientada, hasta cuando podré soportar
esta cruel amargura que mata lentamente
y no me sabe a nada.

Este silenció camina conmigo, sombrío
la noche lenta se va, anunciando el alba
mi alma angustiada ya no se refugia en tu mirada
sola ha quedado desde que te has alejado.

En esta madruga ansío tu amor bendito
refugiarme en el tiempo, que no vuelve ya
Ese que se tatuó lento en mi corazón
Y me duele tanto este amanecer
añorando tu querer.

Vuelvo A Ti
Poema A Mi Razón

Vuelvo a ti, con el alma hacha pedazos
Se que jamás podré olvidarlo, pero al
menos déjame intentarlo, solo tu
comprendes mis heridas.

Nadie como tu, sabe cuando lo he amado
y cuanto sufro, sin su amor, vuelvo con
las manos vacías, derrotada, herida y si amor.

Quédate conmigo no me digas nada
solo quédate esta noche conmigo
cuantas veces me lo dijiste,
que era demasiado el amor que le
profesaba que tuviera cuidado que no
querías verme lastimada.

Tonto corazón que creyó en el amor
y mírame hoy sola con este gran dolor
y con esta decepción que ya no aguanto
mas porque completa me entregue sin condición.

A Ellas

A ellas va dirigido mi poema este día a la mujer
que espera, la que sueña, la que calla y la que sin darse
cuenta es mas fuerte ante las adversidades
la que siempre cura sus heridas arrodillándose
con las manos al cielo.
A ella quien es mujer, madre y esposa a la vez
a la que por circunstancias de la vida puede llegar a
ser amante y no por eso es menos ante la vida
talvez tuvo que desviar su camino y su destino.
A ella la que sabe amar sin condición
la que entrega el corazón la que calladamente
espera cada noche la llegada de su amado.
A ella a quien la vida le dio penas
pero que cada día se levanta más fuerte,
que es soñadora, la que tiene que trabajar
todos los días para darle un mejor futuro a sus hijos.
A la que no le importa si el trabajo es de ejecutiva
o en un lugar menos de prestigio
sino que tenga para pagar los benéfico.
A ella, a quien la vida le dio la faceta de ser madre
y para quien es un orgullo llevar nueve meses a su bebe
en su vientre.....
A la que las enfermedades la han abatido"
como el cáncer, el sida, leucemia y tantas
enfermedades más, pero que sin embargó no las veras
caer sino que al contrario lucha cada día y sonríe
a la vida y la vive como si fuera el más feliz de su vida.
A todas ellas van mis letras... A las madres a las esposas
a las amantes a las ejecutivas a las amas de casa
a las mujeres obreras de sueños de fantasías
que cada día tiene una sonrisa para dar que sus penas
esconden para no ver a sus seres queridos sufrir.
A todas las mujeres del mundo les dedico estas letras
y es espacial a mi madre que lucha cada día por su vida
a mi abuelita querida a quien agradezco tanto su amor
y su fe ante la vida a mis hermanas a quienes la vida les
a dado tantos golpes pero que sin embargó aun siguen
de pie ante los momentos difíciles y a todas ellas
que Dios les bendiga siempre.

Nocturna

Soñolientos son mis versos
vestidos de matices de luciérnagas apagadas
por el brillar de una estrella sonriente
como los jazmines, aromas delicados,
despiden de sus pétalos.

Nocturna mi alma camina,
espesa nube gris cubre el cielo
abro mis alas pretendo volar y hasta ti llegar
esperando despertar con sutileza tu amor muerto.

Cubriendo de anhelos esos momentos
que solo en las noches grises despiertan
esperando ese instante de sentir
tu inmenso querer que solo vive en mi memoria.

Ese que murió entre pétalos y luceros
despidiéndose entre suspiros, muertos
donde el alma olvida lento,
añorando el amor que no vuelve.

Se Fue

Sin una palabra, que comprendiera mi corazón
no hubo despedida y menos una caricia en la mejilla
sencillamente se alejo, sin palabras sin motivos
así como llego a mis días, así fue su partida.

Se fue, yo se lo decía, el me prometía que nunca se iría
el resto de la historia la escribí con lágrimas negras,
esa historia que callada guardare para no pensar en el,
no tengo reproches porque ya lo sabia.

Se marcho dejando en mi corazón un hermoso
arco iris, el fue mi tiempo,
mi primavera en medio del invierno
mi vida consagre en pos del amor que a manos
llenas me dio, quien puede reprochar tanta generosidad
, si fue amor de verdad.

Se fue, es verdad, pero en mi corazón
y mi alma siempre vivirá,
entre las tormentas de enero llego y las de febrero
lo alejaron,
aun así seguirá adueñándose del recuerdo
y de mi amor
se fue, pero aun sigue siendo dueño de mi corazón.

Te Amo Y Siempre Te Amare

Lloro lágrimas en mi silencio,
es el amor que aun rebosa en mi pecho,
eres o soy no lo se, solo sé que te amo,
pero sin embargo muero en el eco del viento.

Sueños que llenaron mi existir,
realidades que endurecieron mi existencia,
lucho en mi creencia de que todo pasa,
aun me siento viva a pesar que ya no estoy.

El mundo gira no se detiene y gira sin cesar,
yo aquí en el mismo lugar aun tengo mucho
que cambiar,
el amor siempre me hará soñar, quizás,
jamás dejaré que me hunda en el abismo
de la oscuridad.

Ya no estoy, pero aun camino junto a ti,
aun tengo mucho que dar por amor,
aun tengo sueños que se que algún día serán realidad,
tu siempre serás mi eterno amanecer, mi luz, mi amor.

Alguna vez te acordarás de todo lo hermoso que fue,
quizás el alba te llenará de calma y sentirás mi voz,
todo tuvo su tiempo, pero en mi alma se volvió eterno,
mientras que en tu corazón solo lo tiñó el tiempo.

Ya no soy, ya no estoy, pero mi amor siempre estará,
el viento siempre te hablará de mí,
por las noches me escudaré en las estrellas
y ahí me quedaré,
pero jamás de tu alma y tu corazón me alejaré.

Te amo y siempre te amaré,
con un amor sin espacios, sin tiempos,
que sólo podrás recibir,
si en silencio escuchas al viento... Mi nombre decir.

Ya No Existe

El mundo se ha hecho mas pequeño
las primaveras son grises sin flores
el agobio hizo su eterno nido en mi
el pedazo de cielo que me diste ya no existe.

El susurro que el viento alguna vez me dio
se ha marchado así como llego
no quedan palabras que decir solo llanto
en mi, amor me mata la ausencia.

Los versos que escribí solo tienen dolor
y las alegrías se marcharon junto a ti
el tiempo es cruel me va dejando huellas
que en mi ya no se extinguirán, amor te añoro.

Espero a solas en un rincón el amanecer
a media luz escribo estas letras que no leerás
las cuales al viento tirare al amanecer
y de rodillas pediré que me arranque este querer.

Porque desde que no estas, nada me sabe igual
todo es oscuridad, agonía, tristeza y melancolía
ya no quiero sufrir mas sabiendo que no volverás
amor, amor, sabes cuanto te amo, pero no estas.

Cada Noche

Madre querida cada noche antes de dormir
a Dios elevo una oración por ti....
pido por tus días, por tus alegrías y por sus
anhelos para que nunca te falte la sonrisa.

Madre mía quisiera que jamás el dolor
llene tu corazón, quisiera robarle a los
años el tiempo para ponértelos en tus manos
para que las lagrimas lloradas solo sean recuerdos.

No hay nada mas importante en mi vida que tu
y el saber que sufres mi alma se quiebra
pido madre que un día el dolor se borre de tus días
y que siempre tus hermosos labios sonrían.

Cada noche antes de dormir pido a Dios
que en tu vida, la paz y la alegría siempre sea
tu compañia, porque tu te lo careces, madre mía
porque no hay nada mas importante que verte feliz.

Mi Silencio Será Suficiente

Cariño mío esta noche recorro lentamente,
cada recuerdo, cada palabra, cada aliento
y me duele percibir el aliento frió que me deja
cada lagrima llorada por este amor
que mata y me hiere y me hace desvalida ante ti.

No se si he elegido lo mejor, ahora ya no importa
amarte eso fue lo que siempre quise,
mostrarte de una y mil manera que mi amor,
por ti siempre ha sido sincero
no soy perfecta y tu lo sabes pero aun así
quise darte lo mejor.

El miedo de mañana despertar sin ti,
me invade y me hace temblar
tambalea mi alma angustiada al saber que todo hiere
, me pregunto amor valió la pena este amor
o solo fue un error, porque aquí en mi pecho
aun sigo llevando tu calor.

Es acaso el silencio suficiente para ti,
me podrás olvidar? miles de preguntas en mi cabeza
me hieren y envenena,
me pregunto cuanto tiempo más podré resistir
estar alejada de ti....

Cuanto tiempo, sin gritar que me estoy muriendo
me duele pero este amor es más, grande que todo
y se resiste, a morir, como arrancarlo si tu no me enseñaste,
no dejaste las llaves del olvido
para dejarlo atrapado ahí.

Será el silencio suficiente para acabar
con este sentimiento
sino es así que Dios se compadezca de este sufrimiento
que ya no cabe más en mi pecho....amor muero lento
sin tenerte y saber que te estoy perdiendo.

Tu Recuerdo

Yace dormido tu recuerdo en mi pecho,
ayer tu boca cantaba dulces melodías
que adormecían el alma mía.

Mi corazón palpitaba de alegría
sabiéndose el dueño de tus quereres,
arropando tu alma, enamorada

Hoy las madrugadas
solo están llenas de melancolía,
porque ya no estas en mis días.

Camino sin encontrar una salida,
mientras el fantasma de aquellos días
me persigue adueñándose de mis sentidos.

Se perdieron tus caricias en el silencio de tus días,
donde estarás vida mía? a quien hoy le cantas
aquellas melodías que ayer fueron tan mías.

A quien hoy le entregas tus días
mientras que yo muero lento en esta agonía
a quien hoy le entregas tus alegrías.

Si Yo Pudiera

Si yo pudiera ser, tiempo sin destino
un grito que se quede quito sin
salir y volar, hacer eco entre tus oídos
bandido que no quiere robar tu cariño.

Si yo pudiera ser, un abismo
donde tu amor no pasara los torbellinos
ni las espinas que hay en los caminos
seria un silencio infinito en ti, marchita.

Si yo pudiera ser, sencillamente en ti olvido
ser solamente un tiempo sin recuerdos
una lágrima seca en tus adentros
una esperanza quita que no se espera.

Si yo pudiera, impedir que tú me quieras
borrarte la memoria para no sentirte
atado a mi alma, para poder verte en
libertad volando hasta el inmenso mar.

Si yo pudiera, dejaría tu alma enamora
sin un sentimiento para que no
sientas lo que ahora yo estoy sintiendo
al saberte tan enamorado de un desencuentro.

Irremediablemente

Cuanto soledad hay en mi vivir
es agobiante el querer seguir
duele algunas veces despertar
y no hundir se en esta oscuridad.

Si el tiempo solo miente
y tus palabras son vanas
porque tendría que esperarte
hasta que mi nombres llames.

El eco de tu risa hiriente
solo me dice que cada día estas ausente
y pretendes seguir atado
a mis recuerdos irremediablemente.

Duele sin piedad el amor
hasta desangrar mi corazón
Por esta soledad que destruye mi vivir
ansió volver al ayer,
ansió olvidarme de tu querer.

Sin Saberlo

Cuando el ayer toque tu puerta
aléjate, dile que no porque tu alma
ya no esta dispuesta.

Cuando los recuerdos te desvelen
diles que no porque en tu corazón
ya no tienes mas amaneceres.

Cuanto todo parezca sombrío
Y sientas que tus días están vacíos
Levanta la mirada, camina con una sonrisa.

Pero si alguna vez piensas en mí
será que quizás porque aun
sin saberlo me amaste de verdad.

Cuando La Tormenta Pase

Cundo en mi mundo el sol vuelva a bañar
con sus hermosos rayos será entones
que yo vuelva a ser feliz sin que me cueste
pensar saboreando solo triunfos y no fracasos.

Hoy en cada paso que doy siento el dolor
y esta amargura de no tener fe en el futuro.
Duele sentirme atada buscando en cada
sonrisa una que me alivie esta agonía.

Es triste siempre vivir atada al sufrir
queriendo subsistir,
olvidar todo lo que ayer destruyo mi ser,
destino cruel que atas y mi alma
has condenado a morir.

Deseo desde el fondo de mi corazón
no sentir más agonías, volver a sentir la vida,
volver a recorrer esos senderos olvidados,
teniendo siempre a Dios de mi lado,
olvidando el dolor del pasado.

Tú Y Yo

Tú y yo y un adiós un abrazo que estremeció
mi corazón y que marca el fin
de un hermoso sueno de amor
de un sentimiento vivido.

Tú y yo y mil palabras calladas
un destino que me juega su última jugada,
Tu y yo y un terrible dolor
por no poder alejarme a tiempo
y no involucrar los sentimientos.

Pero como arrepentirme ahora,
después de todo lo vivido,
como querer negar que te amo,
como negar que aun estremeces mis sentidos
que eres y seguirás siendo la razón
que hace latir mi corazón.

Tú y yo y mis palabras que callar
que ya no tiene caso explicar
porque todo acabo para ti...
Porque se, que en ti solo un inmenso cariño
de amistad quedo, mientras que en mi
aun arde este amor, que de hoy en adelante
callarlo, será lo mejor.

Tú y yo y un adiós que es definitivo a mi corazón
porque la esperanza murió al mirarme en tus ojos,
y con un abrazo que no pudo este frió sacar
de mi corazón y mi alma, amor.

Porque Escribo

Son los días de melancolía que se cuelan en mi vida,
o esa sonrisa tan tuya que me devuelve a la vida,
la ternura que siento al sentir deslizarse un verso
entre mis dedos que algunas veces cansados están.

Porque escribo? aun lo dudas? y te preguntas si es,
por amor, tristeza, amargura, melancolía o es que me
inspiro en esas manos tan tuyas cuando acaricias mis
lejías y un suspiro se cuela por tu vida.

Será el tiempo o será la lluvia que alguna vez nos vio
correr o quizás esas tardes viendo el sol esconderse
en el horizonte, será que esta nota triste me reprocha que extraño
tanto tu querer y que necesitó volver a decirte "te amo" mi bien.

No preguntes porque escribo si sabes que todo lo hago
porque te amo tanto y si escribo melancolías es por los
instantes que te separas de mi vida y muere lenta
mi alma al no encontrar tus labios besando mi alma
que tanto te reclama.

En La Inmensidad

Cae lento el sol en las calidas aguas de este mar
de sentimientos,
en el eco del viento tu nombre va gritando
sin tener la respuesta a mis preguntas,
sin saber en que puerto tu barca descansa
y en que labios tus besos vas entregando,
mientras mi pecho por ti
un suspiro va escapando.

¿Recuerdas cuándo me amabas
y a mis brazos te entregabas,
Jurando nunca de mí separarte?
Promesas... Que al viento se fueron esfumando.
Dejando en mi corazón heridas sangrando.

Triste destino, caminos que jamás volverás
a recorrer, porque tu amor lejos de mi pecho hoy descansa...
Desgarrándome la piel, este amargo recuerdo de lo que fue nuestro ayer, este mar
jamás volverá a ser lo que fue,
cuando me solías querer. .

Esta brisa solo me habla de ti y no me deja olvidarte,
el mar con su inmensidad,
solo me baña en soledad me consuela con su ternura
y me dice que tu quizás no me olvidas y sufres lejos de mi vida,
aun así me duele tu partida y el no saber
más de tus días.

Nuestra Realidad

Son tus palabras un reclamo,
mi ausencia te hace daño
los días se pierden sin destino
añorando lo que ayer nos dimos.

Despiertas sin mis te quieros
duermo soñando tus besos
amanecen nuestros labios resecos
por no tener el néctar de esos besos.

Reclamas mis caricias
yo reclamo tu lejanía que ironía
este amor nos quita la vida
y nos da vida para soportar las agonías.

Pétalos de rosas marchitas
viento que se lleva tu alegría
no reclames vida mía
yo siempre estaré en tus días.

A distancia o en cercanía
así se pierde la razón, cada día
en pos del amor que nos negó
y nos obligo a vivir lejos en otras vidas.

Tu amor es mío y mi vida es tuya
así lo declaramos en nuestros días
de felicidad que por siempre nos
ayudara a vivir en esta realidad.

Adiós Vida Mía

Quizás no me entiendas el porque tengo que decirte adiós
el dolor ha hecho nido en mis días y no quiero llenarte con
mi melancolía, no quiero que sufras vida mía.
Solo tú sabes cuanto te he querido cuanto amor te he dado
y aunque este amor jamás se aparte de mi no puedo seguir
con este sueño, dolerá más el día que tenga que despertar.
Perdóname pero tengo que partir, lejos de ti y de todo lo que contigo viví.....Jamás
te olvidare te lo juro mi amor solo
entiéndeme y no sufras por este adiós que mata mi corazón.
Se feliz a donde vallas que te mereces todo lo mejor lejos
de este amor que solo desengaños nos trajo a los dos
hasta siempre vida de mi vida me voy sangrado herida.

Volver A Sonreír

Me bebí trago a trago la soledad,
no espere más porque sabia que no ivas a volver
fue tanto el dolor, que me deje vencer
y tu quedas ahí sin darme explicación.

Murió la ilusión el desamor, lo destruyo
tus palabras jamás escuche
donde queda el corazón cuando se muere por amor
nada quiero escuchar más, para que recordar.

Solo heridas, solo penas que ya no valen la pena
día a día jurabas y esas promesas el viento se las llevo
porque ahora? porque si quiero sentir que murió
el amor que alguna vez te supiste ganar.

Caminos recorridos juntos si....pero me dejaste sola,
no tuve a quien pedir ayuda cuando me caí
tu no estuviste para secar mis lagrimas ni me
tendiste la mano cuando más lo necesitaba.

Tarde llegan las explicaciones....
olvidarme de que existes es lo que quiero
será difícil pero no imposible,
llegara el tiempo en que vuelva a sonreír
y saberme de verdad amada.

Inolvidable Amor

Hoy quizás al leer estas letras sientas un gran vacío
en tu corazón sentirás que mi amor te olvido
tal vez te des cuenta que realmente me amastes,
ahora que ya es demasiado tarde.

Quizás sen en este momento que des cuenta
de las tantas noches que llore tu ausencia
acurrucada junto a la ventana esperando verte llegar
y tu silueta solo se confundía con las sobras de mi alma.

Se que al leerme el frío calara hondo hasta tus huesos
te arrepentirás por el gran amor que noche a noche
no supiste apreciar hoy que ya me sabes tan lejana de tus días
me dejaste tan vacía cuando yo te entregue mi vida.

Es ahora cuando sientas que me perdiste definitivamente
porque me sabes enamorada y bien amada
al fin supere todo el dolor y la desesperación
que me dio tu amor hoy soy una mujer nueva
por dentro y por fuera.

Mi inolvidable amor si eso eras para mi hasta
que entendí que tu amor solo me dio dolor
y arrojo mi vida completa a la terrible tristeza.

No Eres Mi Realidad

Calan en mi alma tus palabras, un adiós, un amor,
y los deseos de volver a ser feliz, eso me llevo a ti,
pero hoy este amor quema mi ser y calladamente
tengo que comprender que tu amor, no es para mi.

No digas nada amor, solo ve con Dios,
no te preocupes por mí... Mi amor por siempre
en tu cielo se sabrá abrigar, no quiero que me digas
que te cambie la vida, no quiero cambiar, tu vida.

A diario en mi vida siento el miedo de tu partida
y en mi pecho el dolor me desangra,
solo te amo a ti, asumo las consecuencias,
, solo siento la amargura, de saberte distante.

Callar de que sirve callar, si a gritos tu nombre,
llamo y estas si, solo en el sonido del viento,
disipando lo que en mi cielo ya es oscuridad,
y te amo tanto, que no se si sientes mi amor.

Llega la madruga y siempre sola en la espera de ti,
y soy cobarde porque tengo miedo,
de que solo sea un espejismo de mis deseos
de tenerte, de escucharte de que me aprisiones junto a tu pecho, pero se que no es
verdad,
no eres tu mi realidad, eres un sueño nada mas.

Aún Eres

Podría hoy decirte que te he dejado de amar,
pero no puedo, aun sigues siendo parte de mi vida
aun te sueños cada día, aun te respiro,
aun te añoro,
podía amor mentirte pero no quiero hacerlo.

Aun eres el viento que ondea mi bandera
la marea que mueve mi barca
aun sigues metido en lo profundo de mi alma
no consigo ni un instante olvidarte.

Podría decirte que me duele amarte tanto,
pero no me duele, porque fue lo más
hermoso que viví, aunque ya no estas,
aun puedo gritar que eres todo en mi,
que serás el sueño que anhele, siempre.

Podría decirte esta noche que ya no sueño,
pero seria mentira, aun mi alma te ansia
se que todo es una ilusión, latente en mi
se que por siempre en mi alma vivirás.

Enséñame

Enséñame, a no decir tu nombre cada que tiste este,
enséñame, a dormir sin que tu en mi sueños
aparezcas una y otra vez.

Enséñame, a vivir en un mundo que no tenga tu esencia,
que no lleve tu nombre,
enséñame, a olvidar el amor que siento por ti.

Enséñame, a sentir alegría con la brisa que rosa mis mejillas,
enséñame a ser más
creyentes sobre las cosas imposibles.

Enséñame, a no depender más de ti, a no ser más
el dolor que arrulla mis amaneceres,
a no ser la sonrisa fingida y tener mas alegrías.

Constrúyeme un mundo donde tu camino y el
mío sean tan distintos donde nunca más
mis ojos se posen el los tuyos.

Enséñame a caminar, sin que tú recuerdo duela
cada día, dedícame tiempo para enseñarme el olvido
y a rescatar mi alma de esta cruel agonía.

Como La Brisa

No preguntes como me iré
llegue suave como la brisa a tu ser
y como la brisa me iré en el amanecer.

Las rosas mil pétalos abrirán
y en ellas mi aroma te dejare
para que nunca sientas mi ausencia.

Te tomare, te abrazare,
y un beso tibio te daré
y con la luz del alba me desapareceré.

Las hojas en otoño, caen
y cuando el viento las arrastre
con ellas me confundiré
y así me perderé.

En invierno a ti regresare
en las nieves de diciembre
a tu cuerpo me abrazare
y mi calor te entregare.

Volveré

Volveré ser la mirada radiante,
la nube que en tu cielo azul
te de sombra y la sonrisa que
en tus labios aflore.

Jamás supe escribir poesía,
intente decirte con versos
lo que mi alma guardaba y
nunca pude saber si a ti
te hicieron Soñar.

Comprendí que amarte era más
fuerte que mi misma forma de ser feliz
en medio de la rutina y no quiero callar,
solo quiero gritar, cantar y amar.

Caminare por las praderas
por las calles, correré por la playa
asta encontrar tu pisada, hasta que te diga
mi amor cuanto te ama mi corazón.

Entonces volveré a ser yo misma
será hasta entonces que mi alma
vuele y me deje guiar por el viento
que vuela por distintos lugares
y serrare mis ojos hasta esperar
que tu alma calle los silencios
que te deje con mi partida, eterna.

A Quien

Yo que te di mi vida, rece entre versos tu nombre,
sacudí el silencios siento la amiga y tu amor
que lleno tu vida y te hizo feliz.

Ahora solo encuentro añoranza,
tristeza y soledad y mis noches
busca una sonrisa y me doy cuenta que mis
manos vacías están.

Porque todo te di,
pensando que eras tu quien merecías
el amor que profesaba mientras a mis
espaldas te burlabas.

Ay Dios que tonta fui, como pude ser
tan ciega tanto tiempo que perdí
amándote, entregándote, hoy solo
me queda vacío y soledad.

Y una pregunta cruel....A quien
Amas sino es a mí.

Llegara El Adiós

Mi sombra se va perdiendo, junto al amor,
mis manos, poco a poco dejaron de dar caricias,
llegara el adiós y mi cuerpo dejara de ser cuerpo
para perderse entre las sombras.

Los instantes vividos por amor, los guardare,
en un cofre escondido, nadie podrá borrarlos,
ni profanarlos, las sonrisas quietas se quedaran
en mis labios y mis brazos descansaran.

Mis pasos no me llevaran más a los instantes,
de amor, caminare, y mis lagrimas, las regare
en el campo de mis desvelos, sucumbiendo
en mi desespero, al no tener tus anhelos.

Llegara el adiós inevitable y sellare con amor
mis labios y una caricia dejare en tus manos,
un beso que no queme tus labios
cuando llegue el adiós y me despida de tus vida.

Espacios Vacíos

Solemne figura derrumbada entre penumbras
soledades quemando el alma vacía
sentimientos sin concluir, razones olvidas
entre el infierno y la nada.

Resignada resuenan esos misterios de amores
sin tiempo, reproches provocando el infierno,
desde aquel instante, olvida llora sin un consuelo
menguado el desvelo, desvariando sin anhelos.

Espacios entre el infinito, vacío que envenena
el alma,
corazón adolorido que no quiere volver a sonreír,
sencillamente no hay mas amor, gritan sus adentros
sencillamente muere, sencillamente, sangra la honda herida.

Misterios queriendo descubrir el hielo que el alma abriga
ansiando ser, llegar, entender, el porque de su existir
sabiendo que quizás vive sin vivir, muriendo sin morir
entre tantos espacios vacíos que dejo en su largo caminar.

Noche Perdida

Sencillamente morí, no me di cuenta
no sentí, como destruí, mi vivir,
era feliz, era sencillamente ave
pero el tiempo me convirtió en fantasma.

Moribunda el alma, descendió hasta el misterio
defendí mi tiempo, desespere, aun así
no supe encontrar el camino a ese tiempo,
ese que seria mi luz, mi paz y hoy vivo en soledad.

Condenada a no sentir, amor
aferrada al sinsabor, desvelada entre media luz
sabiendo que jamás seré la que fui
escondiendo mi agonía ante la luz del día.

Justificación no es lo que busco
aun cuando amo esta melancolía, sin entenderlo
escribí de ella su propia historia,
aunque la mía, muera solo en la memoria..

Será Mejor

No miento al decir...será mejor
es que seria mejor decir, es lo mejor
porque si todo me dice que estoy equivocada
el tiempo aun así me reclama que me quede anclada.
Anclada en el misterio, anclada en el ayer
ese que no muere que aun sigue latiendo
destruyendo lo que puede haber sido hoy
dejándome desarmada,
ansiando sobrevivir a sus garras
Será mejor, levantarme de las guerras perdidas
de los amaneceres agonizantes
sabiendo que después de esta noche
el misterio morirá conmigo, mis anhelos también
llegare y me quedare, tatúan en el enigma
de esos días que jamás volverán a la memoria.
eso desde hoy será lo mejor.

Llore

Llore por esos hijos que se perdieron en las guerras
por las madres que lloran las ausencias
por los que no nacieron, aunque ellos no lo decidieron
llore porque soy madre y serlo es el mejor regalo.

Llore por la madre tierra, aunque mi llanto es poco
ante la tristeza, de verla cada día agonizar sin remedio
llore por los ríos que murieron, por los campos
que jamás volverán a florecer..
porque los destruimos.

Llore quizás poco,
llore por todo lo que no puedo cambiar
porque se que no es mi culpa, pero aun así me duele
porque quiero ver a los míos con un mejor destino
ese que cada día se ve tan lejano, tan distante.

Hoy llore porque es tan inevitable el destino
que nos llega lento, pero nos llega,
aun cuando no lo esperamos,
el siempre nos encuentra en el camino...

Desde Siempre

Desde siempre, desde que vivo siento
el inevitable vacío, quemándome lento
recordándome que aun tiene sentido
enseñándome que aun tengo motivos.

Desde que vivo he tratado de entender
ese misterio que me atrapa, sin pretender
ser una agonía en la lágrima caída,
en la oscuridad de la noche sombría.

Desde entonces llevo una sonrisa,
escondiendo la melancolía, en mis días
así vivo feliz, porque puedo ser
construir o destruir lo que me resta por vivir.

Así podré entender el porque?
porque aun sigo aquí, suspendida
entre mis tristezas y mis agonías
deseando un día volver a renacer.

Duelen Los Años

Si vieras hoy, como el tiempo me roba la calma
si pudieras ver como se me fueron los años
anhelando lo que se me escapo de las manos
si lo comprendiéramos no nos lamentarías...tanto.

Éramos tan niñas cuando nos despedimos
la vida nos dio y nos quito sonrisas
yo emprendí el vuelo, ese que no me deja volver aun,
aunque aun llevo en mi memoria el ayer.

Tantas palabras calladas en la cruel distancia
de tiempos de alegría que jamás volverán
eras una gaviota a punto de volar, en pos de la libertad
yo sencillamente tu hermana pequeña.

Hoy la vida es un manojo de agonías, me duele
tu tristeza
aunque jamás charlamos, se que te duele los años
esos que te han dejado tantos sinsabores,
quiero que decirte que aun te llevo en la memoria.

Que aun construyo sueños, que aun tengo fe
de un día volver y decirte vajito que todo pasa
que todo tiene un tiempo y el de abrazarnos
de nuevo llego y quedarme admirando tu grandeza.

Tu Mi Amor

Ese que se pulió con los años
el que con alegrías cubrió mi horizonte
el que es un delicado aroma en la tristeza
el que se queda en la memoria.

tu el amor bonito que me levanta
el que siempre tiene un te amo
el que siente, con pasión y otras con ternura
el que juro quedarse por siempre en mis días.

Tu mi amor, eres el que se dueña de mis sonrisas
el que sabe que no hay tiempos ni espacios
porque todo es un instante que no se extingue
no espero nada mas de la vida..
Que no sea tu armonía.

Quédate así siempre atado a mi vida
llenándome de fe y de ternura, hasta llegar el alba
deja tu aroma en mi piel, hasta el amanecer
porque esta noche es eterna...en nuestro ser.

Sin Cicatrices

Besando tu recuerdo, lloro por las noches
designios de la vida, que me quito tu amor,
mi alma angustiada, ya no encuentra la salida
porque tu me has dejado sangrando hoy mi herida.

Es triste vivir en esta agonía, deseando cada día
revivir en el amor, del que ya no queda nada,
amarte a sido demasiado, ya no puedo con tanto
dolor, desde que se fue tu amor.

Ya no recuerdas esos instantes donde me jurabas
amor, eterno...Mira ahora todo es tan disperso,
mi cielo es un cielo, lleno de nubes que dejan
grises que solo me amargura, sin cicatrices.

Lloro en esta noche...porque el amor se me fue
es triste sentir el amanecer lacerado la piel
seca de no sentir, ese fuego que ayer la baño
hoy solo queda hielo, como mi vida desde tu partida.

No Te Olvides De Mí

La noche es lenta sin ti,
en la sonrisa escondo la tristeza,
que me produce el no poder saber de ti,
cada noche espero tu llegada, pero los minutos,
me demuestran que fue vana, la espera
se fue la noche, tu de nuevo no llegaste,
me duele amarte tanto, me duele, saber que tú sin mí,
tal vez eres feliz,
mientras que yo cada noche espero por ti.
Amor, no te olvides de mí,

no olvides que me prometiste volver a mí,
nunca olvides que yo siempre espero por ti,
que las horas pasan lentas si tu no esta aquí,
en las madrugas el frió, se cuela por las ventanas
y es cuando más necesito de ti,
de tu amor, de tus abrazos que cubras mi alma,
para no sentir, el inmenso dolor
de no saber que otra noche se fue sin tu calor.

Amor, sabes cuándo te amo,
que la vida se me va en la espera de tu llegada,
no te olvides de mí,
no pongas en tu corazón otra ilusión,
que pueda borrar de ti, mi amor,
ese amor, que te entregué lleno de estrellas temblorosas
en una noche de luna llena, amor no te olvides de mí,
no dejes que otro amor te aparte de mi,
porque si tu no vuelves, mi corazón
y mi alma morirán de dolor y de aflicción
sin el amor que me juraste que sería para siempre,
para mi corazón.

Después De Ti

Después de ti, el amor se me fue,
ya no encuentro caminos ni salidas,
el mundo me parece una eterna agonía
Porque contigo se fue toda mi alegría.

Después de ti no encuentro a donde ir
porque todos los pasos, me vuelven a
guiar hasta ti, busco mil caminos para
desviar mi destino que me ata a ti
y otra vez vuelvo ti, dime que hago
para poder vivir, después de ti.

Después de ti ya no se como ser feliz
porque tu te llevaste mi sentir
y ahora yo no se como sonreír, después de ti.

Después de ti mi mundo perdió su color,
las nubes cada día son más grises y yo
en mi cielo ya no encuentro mi arco iris
después de ti ya no tengo nada me consuelo
caminado y recordando nuestros días felices.

Porque después de ti es todo lo que me
queda recuerdos y agonías
y una triste despedida.

Llora El Silencio

Llora el silenció en las ultimas letras que escribo
palabras de quien vivió y murió en nombre del amor,
de ese amor que fue mi alegría y mi razón
y que hoy matan lento a este corazón que todo lo dio.

Llora el silencio en la noche oscura,
el amanecer no tendrán mas tu calor que me embriagaba
todo es soledad si no hay mas palabras que nazcan
de esta pluma que mil notas contaban... OH Dios cuanto dolor!

Ya no espero las mañanas, ni las sonrisas,
cuantas lagrimas dejaste en mi alma,
no quiero más saber en donde estas o con quien,
ni encontrar mañana tu recuerdo en mis días.

Llora mi silencio desde hoy, porque callare
mis labios sellaré y los recuerdos los enterrare
lejos dejare todo lo que fui y volveré a ese
mundo donde murió mi alma y mi paz gracias a ti.

No Puedo Detenerme

Perdóname no pude detenerme,
seguiré mi camino sin ti,
llegare a ese destino donde tu recuerdo
duela menos que ayer.

Me gritaste cobarde, me gritaste cobarde,
si soy cobarde, aunque me duele decirlo
porque no pude detenerme y decirte "te amo".

Quiero olvidar tu amor, necesito olvidar tu "amor"
ya no puedo más seguir esperando por ti,
ya no quiero esperar más por ti, lo siento.

Ódiame, olvídame, pero no puedo detenerme,
mi destino tiene su tiempo y el mío se acaba
ya no puedo quedarme más.

No puedo detenerme al ver que "sufre", por mis
palabras, ya no puedo detenerme, ya mis manos
están agotadas y mi corazón, muere lento.

"Perdóname mi amor", por tener que irme,
Por no poder detenerme en tu destino
no quiero dejar en tu vida,
soledad y desolación y llanto

Mi destino es incierto y tu lo sabes bien me duele
"irme" pero es por tu bien, perdóname aunque
se que me llamaras cobarde mil veces porque
quizás mi lucha no fue suficiente…te amo.

Ayer

Palabra corta sin sentido para muchos,
navajas y amarguras para otros
es un mundo desleal donde jamás se
podrá encontrar la verdad de la amistad.

Ayer mi mundo un tesoro latente
un futuro lleno de un tiempo inexplicable
hoy ni el ayer ni el futuro cuentan
cuando las palabras son heridas sangrantes.

No quiero que me entiendas,
me justifico quizás, culpables somos ambos
dueños de un destino cruzado
de un mundo acabado sin retorno.

Herías tu mi alma, calle por amor tus mentiras
mi pecho no soporta mas el sufrimiento
amor no llames amor a tus engaños
y menos digas que sin mi no vives.

Quiero silenciar el dolor, no escucharte más,
no volver a caer ante tu perdóname
y mirar adelante sin remordimientos
ser yo misma sin que nadie esclavicé mi sentir.

Vengo A Decirte Adiós

El murmuro de mi voz se apaga,
entre tus manos, se queda mi alma
duele, duele amarte de esta manera
no entiendo este amor que no muere.

Ni con las alas rotas, se queda quieto
ni con las amarguras, se entierra
entre vacío y soledad, siento mi alma quebrar
entre brumas y este tiempo callado.

Hoy dueles más que ayer, sangra mi ser
hasta cuando amor, dime hasta cuando
si aquí en mi pecho solo siento el dolor
y un adiós que ya no puedo detener.

Vengo a decirte adiós, un adiós que mata
aun con tanto amor no puedo quedarme
no puedo seguirme engañándome pensando
que tu me amas tanto como yo, si sola estoy.

Un Verso Olvidado

Donde esta el verso que de mis manos nacía
y la caricia que en mi pecho quedaba satisfecha
de ver en ecos y melodías el sentimiento
del amor que lleno un día mi vida.

Llora el verso olvidado en un rincón de mi alma,
un alma que olvidó rimar y escribir sin decir,
el viento prendido de las hojas queda sin tener
a donde ir, mi cabello no espera su caricia feliz.

Tu mi amor olvidado entre versos y llantos
en donde andarás ahora,
en donde escondes tus penas y en que brazos
dejas las caricias que a mi, ayer dabas.

Yo seguiré aquí entre lo amargo de mi vida
y la noche larga que no olvida
entre la caricia y el llanto que a mi ojos seco
dejando mi alma junto al verso que no escribió.

El Amor

Pocos llegan, otros sencillamente se pierden,
algunos no tienen la oportunidad, tan sencillo,
tan natural pero tan difícil de alcanzar,
se pierde la fe quizás pero no las ganas de vencer.

Pocos han probado los sabores de sus mieles
y otros han bebido el sabor amargo de su derrota.
No todos tienen la valentía de luchar cada día,
y los que lo han hecho se dieron por vencidos.

Quien ha pretendido tenerlo de su lado
y un día simplemente se ha marchado
dejando la mas grande desolación,
otras veces decepción pero sin perder la razón.

Y yo... que es lo que tengo, que es lo que he ganado,
lo que he perdido o recobrado tantas veces que
ya no se si vive a mi lado, me pregunto? fue real
o simplemente un fantasma que se perdió a mi lado.

Mi Lugar

Donde esta ese lugar que llene mi espacio
que sea águila en vuelo, cometa sin ser fugaz.

Estrella que no se apague cuando llegue
el amanecer sin frío o espacios vacíos.

Donde esta ese lugar que sea mío solamente
no quiero un espacio compartido.

Ni penas escondidas que traspasen las raíces
solo quiero flores sin espinas, no quiero heridas.

Quiero encontrar ese paraíso, donde mi alma
haga su eterno nido, sonriendo con la brisa

Donde esta mi espacio, donde esta mi destino
ese que se vuelva eterno entre el cielo y el mar.

Ausencia En Los Labios

Me quede con la ausencia en los labios,
bebiendo de ti, todos los recuerdos amargos,
Sin saber en donde quedo todo el amor
que de mis manos te entregue.

Me quede bebiendo locura sin tu ternura,
Sonando con el ayer que se pierde entre brumas
deseando que en los ocasos te acuerdes de mi
y no beber esta ausencia eterna sin ti.

Me quede bebiendo amaneceres
sin la paz que tu alma me brindaba
desperté llena de lagrimas por sentirme sola,
abandonada y triste entre las sombras
del recuerdo que me diste.

El tiempo enemigo imposible del sentimiento
bebe de mi día a día mi alegría,
dejándome vacía sin más instantes
que los amargos que ya no quiero beber
porque sin ti todo me da igual.

Dueles Sin Piedad

Amarga me sabe las sonrisas
el ayer que no se olvida
un te quiero que quema
y tu que no estas más.

El destino un desvarío
me da me quita
perdida mi alma en este abismo
el silencio ya no me escucha.

El corazón marchito
lagrimas que ya no salen
el tiempo enemigo
y este amor que no muere.

Recuerdos que carcomen
suspiros que quietos
mi pecho ya no late
es que se me murió el sentimiento.

Moriré con tus últimas palabras
tu mi viento que me ahora ahoga,
de que vale amar si el alma
morirá en soledad porque no estas.

Duele, sin piedad
promesas que el viento se llevo
que tan importante fui para ti
si hoy el sonido me dice ya no es.

Ya no espero, ya no pido, ya no te quiero recodar
que me dueles sin piedad.

No Se Detuvo

No se detuvo, lo vi, caminar mil caminos, sin rumbo,
soñando con gaviotas, brillando sus ojos en las luz
de las estrellas, constelaciones de deseos nacieron
en mi alma, pero el no se detuvo siguió su destino
sin rumbo, cual caminante, en el atardecer.

Germinó en mí la semilla que en mis manos puso,
sin mirarme, encontré consuelo en los bastos pastizales,
ayer la lluvia mojo las flores que en mi jardín sembré con amor,
y el no se detuvo, se perdió en el camino con una lluvia de emociones,
dejándome una gota de agonía.

Hoy las rosas y los jazmines llenan de aroma mi alma,
en mi corazón no quiero mas amores que desesperen
mi alma como el que ayer conocí de sus manos,
sonreiré cuando de nuevo le vea pasar por mis jardines.

No pediré que se quede ya no es necesario aprendí
amar sin tocar, a besar sin rozar sus labios, a soñar sin
escuchar su voz, a cobijarme en sus brazos si que el
sientas mis ansias de tenerle a mi lado.

Al pasar no me miro, espero en la brisa su llegar,
se que volverá y se marchara llevando su alma
a lo senderos donde se viste de estrellas primorosas
ya no importa, igual le amo y le amare,
gritando su nombre a la luna quieta
que entiende que mi amor siempre será para el.

Un Día Cualquiera

Un día cualquiera será, un día no pensado,
un día en que el mar se vuelva más hermoso
en que el sol se llene de rayos primorosos
y la lluvia sea solo eso lluvia fresca.

un día será, en que mi vida no sienta más el dolor
de una risa, un día será en que el corazón,
no sienta más las heridas,
un día será en que el rió de mi llanto
ya no llegue al mar de mi alma Un día será.

Un día será, en que las rosas me regalen su aroma
y yo vestida de alegría, ría como nunca
he reído en mi vida, un día será,
cuando el aire llene este bosque y en el reine la armonía.

Un día cualquiera, tendré la dicha de soñar despierta
y encontrarle más motivos a mi vida motivos
que me lleven a realizar grandes hazañas
en la vida y en donde mi huella quede
como el ultimo deseo de buscar siempre un
motivo para ser feliz.

Un día será y se que no esta muy lejos
donde este mundo encuentre esa esperanza de ser libre
donde mi alma y mi corazón tengan su propio espacio
donde nunca falte la risa.

En donde los sueños se cubran siempre de pétalos de rosas,
ahí donde mi alma sueña, descansar por siempre
en ese pedazo de cielo, en ese pedazo de mar
que solo le pertenezca a mi corazón.

Ahí donde nunca más encuentren desamor
ni llanto, ahí donde no tenga cabida el miedo
donde pueda gritarle a los cuatro vientos
lo feliz que soy y lo feliz que he sido teniéndote
siempre a mi lado como mi más grande
amor y como mi mas grande amigo aliado de
mis sueños y cómplice de mis días felices.

Printed in the United States
by Baker & Taylor Publisher Services